GABRIELE SCHUSTER

Eine Dogge zum Verlieben

Für Stephan und Arne

Projekte-Verlag
Cornelius GmbH

Eigentlich wollte die Tierärztin Gabriele Schuster nach dem Tod ihres geliebten Doggenrüden überhaupt keinen neuen Hund mehr und schon gar nicht so einen großen. Doch die gelbe Doggenhündin ›Moffo von Rocas Melody‹ gewinnt mit ihrer sanften und fröhlichen Art die Herzen aller. Sie muntert nicht nur den traurigen Yorkshireterrier ›Charly‹ auf, sondern bringt wieder Freude in das Leben ihrer Besitzerin und letztendlich auch den Ehemann zurück.

GABRIELE SCHUSTER

Eine Dogge zum Verlieben

Heitere Kurzgeschichten
von Hunden, Katzen und ihren Menschen

Impressum

1. Auflage

Mitglied im Börsenverein des Deutschen Buchhandels

Satz, Buchgestaltung, Titelillustration: Ursula Schwab • www.schwab-illustrationen.de
Buchillustrationen: Antje Hellberg, Heide
Druck und Verarbeitung: Buchfabrik Halle • www.buchfabrik-halle.de

ISBN 978-3-86634-494-5
Preis 14,80 Euro

Das „Möffchen“

Das vergangene Jahr war kein gutes Jahr. Die erwachsenen Söhne versuchen auf eigenen Beinen zu stehen und haben das Elternhaus verlassen. Mein Mann und ich haben nach so vielen Ehejahren beschlossen erst einmal auf räumlichen Abstand zu gehen, kurz gesagt, mein Gatte ist ausgezogen. Mein Pferd hat sich auf der Koppel ein Bein gebrochen, und dann musste ich auch noch meinen geliebten alten Doggenrüden »Caron« einschläfern. Ich weiß, dass er alt und krank war. Als Tierärztin habe ich ständig mit solchen Fällen zu tun und muß die Besitzer trösten. Aber es war mein Hund, und ich bin so unendlich traurig.

Das große Haus ist so leer.

Dennoch bin ich keinesfalls allein: Charly, der lebhafte Yorkshireterrier, weicht mir nicht von der Seite. Er sucht seinen großen Freund überall und schaut mich immer wieder fragend an. Die Katzen leisten mir abends im Wohnzimmer Gesellschaft. Odin, der pechschwarze Kater mit den schneeweißen Pfoten und dem weißen Latz, liegt mir gegenüber wohlig eingerollt auf dem Sofa. Lieschen, die Lautlose, meine kleine Elfe, sitzt entspannt auf der Lehne. Nur Tini, meine Dicke, unsere älteste Katze und Carons langjährige Freundin, erhebt sich oft abrupt, schleicht unruhig durchs Haus, legt sich wieder hin, immer lauschend, als erwarte sie das Gepolter der Dogge auf der hölzernen Treppe.

Meine menschliche Familie tröstet mich. Nach einigen Tagen breche ich nicht mehr spontan in Tränen aus, und mein Mann fragt vorsichtig, ob ich mir denn nicht eine neue Dogge holen wolle. Schließlich bräuchte ich für die Praxis und das große Haus einen Wachhund, natürlich einen großen Hund, denn der niedliche Yorkshireterrier schlägt keinen Einbrecher in die Flucht.

Nein, ich möchte keinen neuen Hund. Jedenfalls vorerst noch nicht. Ich möchte mein Leben neu gestalten, und da ist so ein Riesenhund eine Belastung. Den kleinen Hund kann ich überall mit hinnehmen, auch wenn sein Gekläffe für Fremde – und nicht nur Fremde – nervtötend sein kann.

Raus, raus, raus!!! Charly flitzt die Treppe hinunter. Ich stehe mit der Hundeleine in der Tür zum Hof, um zum Spaziergang aufzubrechen. Der Yorkshireterrier aber zögert, blickt die Treppe herauf, lauscht, flitzt wieder nach oben und kommt dann traurig zurück. So geht das seit zwei Wochen, jeden Morgen.

Das Spazierengehen macht keinen richtigen Spaß mehr. Lustlos laufe ich mit dem Yorkshireterrier unsere üblichen Wege ab. Die Schönheit der Natur rings um mich bemerke ich kaum. Mir fehlt der große, goldgelbe Hund an meiner Seite, die nasse Hundeschnauze, die sanft gegen meine Hand stupst.

Unsere Spaziergänge werden immer kürzer.

Weitere 14 Tage vergehen. Ich bin ruhiger, gleichmütiger geworden und versuche neue Dinge in Angriff zu nehmen. Hatte ich jedoch gedacht, dass das tägliche Leben einfacher wäre, wenn nicht immer dieses ›Kalb‹ im Wege läge und ich nicht ständig behutsam mit der empfindlichen Seele dieses Riesenhundes umgehen müsste, so hatte ich mich getäuscht. Charly schließt sich noch enger an mich an und lässt mich keinen Augenblick allein.

Als mein Mann und die Söhne am Wochenende zu Besuch kommen, sind sie einstimmig der Meinung: »Du brauchst einen neuen Hund!«

»Nein!«

Zwei Wochen später blättere ich in der monatlichen Doggenzeitschrift und schaue mir nur einmal so die Seiten mit den

Wurfmeldungen an. So mancher Name ist mir bekannt. Ich lege sie aber demonstrativ wieder weg.

Am Donnerstagmorgen überfliege ich den ›Tiermarkt‹ in der regionalen Zeitung. Das mache ich regelmäßig aus beruflichem Interesse. Meine Augen bleiben an einer für diese Zeitung ungewöhnlichen Anzeige hängen: ›Deutsche Doggenwelpen in Gelb und gestromt, VDH-Papiere‹. Diese Telefonnummer kommt mir irgendwie bekannt vor. Ich könnte ja vielleicht ...

Am Abend greife ich zum Telefonhörer. Diese Stimme kommt mir sehr bekannt vor. Ich erzähle der Züchterin von Carons Tod, und dass ich mir gerne einmal ihre Welpen ansehen würde. Am liebsten wäre mir ein gestromter Rüde.

Gelb möchte ich Carons wegen nicht wieder haben.

Wir beschließen einen Besuchstermin für den kommenden Samstag.

Mein jüngerer Sohn Arne will mich auf der doch recht langen Autofahrt nach Nordfriesland begleiten. Eigentlich will ich ja gar keinen neuen Hund, aber mein Sohn lacht, als er sieht, dass ich das Geld für einen eventuellen Welpenkauf vorsorglich in der Handtasche verstaue.

Das Haus von Frau E. liegt etwas abseits, idyllisch im grünen Seehörn. Kein Wunder, dass Emil Nolde diesen Ort so liebte.

Als wir aus dem Auto aussteigen, ertönt ein mehrstimmiges tiefes Warngebell; nur ganz kurz, mit der Botschaft: Da kommt jemand!

Überflüssigerweise überlege ich, ob ich an der Haustür klingeln soll, denn schon öffnet sich die nahe Tür zum Garten einen Spaltbreit, und ein Hundekopf schiebt sich durch den Türspalt.

»Kommen sie bitte herein.«

Arne und ich quetschen uns durch den Türspalt, um zu verhindern, dass die Hunde nach draußen drängen, und stehen einer Meute von fünf erwachsenen Deutschen Doggen und mehreren Jungtieren gegenüber. Plötzlich habe ich einen Kloß im Hals und blicke respektvoll auf die Gruppe, die uns freundlich und aufmerksam begrüßt. Ich glaube, doggenunerfahrene Personen wären bestimmt einem Herzschlag nahe gewesen.

Frau E. begrüßt uns schmunzelnd.

Ich aber bleibe erst einmal ganz ruhig stehen. Eine ältere, gelbe Hündin legt ihren Kopf auf meinen Arm und schaut mir aufmerksam in die Augen. Eine andere schnüffelt an meinem Hosenbein aufwärts. Ein junger gestromter Rüde aber springt mich übermütig an und schaut mir direkt ins Gesicht. Lachend wehre ich ihn ab: »Lass das!« Welch Glück, dass ich so standfest bin.

Die Hunde haben Arne und mich als harmlos eingestuft und verlieren das Interesse an uns, sodass wir in Ruhe auf der Terrasse Kaffee trinken und die Welpen betrachten können. Die sind mit zwölf Wochen schon ganz schön groß! Sie toben über den Rasen, balgen miteinander. Diese ungelenken und trotzdem kraftvollen Bewegungen, diese großen Pfoten, das samtweiche Fell, unter dem noch so viel Platz ist – mein Herz wird ganz warm. Ein schöner Wurf.

Ich beobachte die gestromten Rüden, von denen schon einer vergeben sei. So richtig kann ich mich aber für keinen von beiden begeistern. Der Funke springt nicht über.

Vor meinen Füßen fechten zwei gelbe Hündinnen einen Scheinkampf aus und kugeln ineinander verschlungen die Terrassenanhöhe hinunter. Sie sehen aus wie Zwillinge, sind kaum voneinander zu unterscheiden. Ich muss so lachen, und deute auf die eine, die ein bisschen heller in der Farbe scheint. Als ich nach deren Namen frage, muss Frau E. selbst überlegen, so ähnlich sehen sich die beiden. »Das ist das Möffchen«, sagt sie lachend.

»Möffchen?«, frage ich erstaunt, denn mir ist bekannt, dass Frau E. ihren Hunden eigentlich immer wohlklingende Namen gibt, oder solche, die eine besondere Bedeutung haben. So ist es auch. Benannt nach der Sängerin Anna Moffo, einer ganz charmanten, rassigen Dame, blickt mich ›Moffo von Rocas Melody‹ aus Mandelaugen an.

Ich grübele. Ich möchte gerne einen Rüden und ich möchte nicht ohne Hund nach Hause fahren, aber ...

»Dann nimm doch eine Hündin«, sagt mein Sohn. »Da machst du Papa sicher eine Freude.« Ich unterdrücke eine bissige Bemerkung. Diese Dogge soll mein Begleithund sein. Bekannterweise schließen sich Rüden meist den weiblichen Familienmitgliedern an, während Hündinnen sich eher dem ›Hausherrn‹ zuwenden.

Wir beobachten ›Anna Moffo‹ wie sie unkompliziert und offen mit den anderen Welpen kommuniziert.

Ich entscheide mich für diese Hündin!

Auf der Heimfahrt sitze ich hinten im Auto und halte die ›kleine‹ Deutsche Dogge während der ganzen Fahrt im Arm. Ohne Mutter und Geschwister wirkt sie verständlicherweise ganz unsicher.

Mein Mann hat schon auf uns gewartet. Behutsam hebe ich den Welpen aus dem Wagen und stelle ihn auf die Beine. Es gibt ein richtiges Empfangskomitee.

Moffo tapst auf meinen Mann zu, der in die Knie geht, und ihr sanft über den Kopf streichelt: »Ein Doggenbaby!«

»Ja und?«, frage ich und sehe ihn erwartungsvoll an.

»Wieso ja und?«, fragt er zögernd zurück. Dann stutzt er und lacht: »Das ist ja eine Hündin!«

Der Yorkshireterrier wuselt mit hellem Freudengebell auf uns zu. Die ›kleine‹ Dogge freut sich über den tierischen Empfang und tapst ihm gleich mit der großen Pfote auf den Kopf. Der findet das natürlich nicht so gut und versteckt sich erst einmal hinter Arne. Lieschen, meine kleine, graue Katze, flüchtet sofort in unerreichbare Höhen auf das Dach der Pergola, und der sonst so ›coole‹ schwarze Kater zieht es vor, diese Begrüßung aus gebührendem Abstand zu verfolgen. Nur die dicke Tini nimmt nicht Reißaus, sondern macht einen Buckel, soweit man das bei ihrer Körperfülle als Buckel erkennen kann, und teilt gleich ein paar Backpfeifen aus. Das Doggenmädchen springt verblüfft zurück. Die Fronten sind geklärt. Mein Mann nimmt die ›Kleine‹ tröstend in den Arm.

Weil die Praxis im Parterre liegt, sind die Wohnräume in den oberen Stockwerken über die Treppe zu erreichen. Der Yorkshireterrier flitzt nach oben. Die Dogge zögert einen Moment, und während mein Mann noch überlegt, ob er das arme, kleine Hundebaby nicht hinauftragen soll, ist es schon hinterher getapst.

Wir zeigen ihr das neue Zuhause, und schließlich kann sie sich auf dem ihr zugedachten Platz zur Ruhe begeben.

›Moffo‹, das ist aber ein komischer Name. Da sind mein Sohn und mein Mann sich einig. Na ja, so berauschend finde ich ihn auch nicht, aber schließlich hat er eine Bedeutung. Wir beschließen, etwas Gefälligeres zu nehmen. Mein Mann schlägt ›Virginia‹ vor. ›Virginia??‹ Das sind nicht nur vier Silben – bis man das ausgerufen hat, ist der Hund längst entschwunden – sondern hieß nicht so eine Jugendfreundin meines Mannes? Sollte das etwa eine Anlehnung sein?

Wir entscheiden uns einstimmig für ›Gina‹.

Ich ahnte, dass ich eine unruhige Nacht haben würde. Als Nachtlager hatte ich eine Matratze mit einer weichen Wolldecke neben mein Bett gelegt. Eigentlich für den Doggenwelpen noch viel zu groß, aber das würde sich ja bald ändern.

Charly flüchtet immer noch, wenn Gina näheren Körperkontakt zu ihm sucht. Sie nervt ihn offensichtlich, war er doch Carons altersbedingtes ruhiges Wesen gewohnt. Fünf Mal bin ich in der Nacht aufgestanden und habe die kleine Hündin wieder auf ihren Platz gebracht. Eine Dogge im Bett, das wollen wir gar nicht erst anfangen. Als ich am Morgen ziemlich gerädert aufwache, finde ich Dogge und Yorkshireterrier friedlich aneinander gekuschelt schlafend vor.

Sofalizenz

Gina lebt sich bei mir ein. Gina wächst und wächst. Die Falten ihres weichen goldbraunen Felles verstreichen langsam. Ich lehne meine Wange an ihre und genieße diesen warmen Welpengeruch. Sie legt den Kopf zur Seite und schaut mich aus ihren dunklen Mandelaugen an. Das verführt zu noch mehr Streicheln.

»Ist das ein hübscher Hund!«, höre ich oft, und stolz blicke ich auf meine ›Kleine‹.

Mit den Katzen im Haus hat sie sich arrangiert. Nur Lieschen wird von ihr manchmal noch gejagt. Würde die jedoch still sitzen bleiben, anstatt davon zu stieben, dann ließe Gina sie bestimmt in Ruhe.

Die Konstellation junge Dogge und Yorkshireterrier ist auch nicht so ideal. Der Arme wird ungestüm geschubst oder kann sich nur total besabbelt aus ihrem Maul retten. Aber Charly weiß sich zu wehren. Außerdem habe ich ihm verschiedene Rückzugsmöglichkeiten geschaffen. Orte, an die die Dogge nicht gelangen kann.

Diese Verstecke werden auch von den Katzen genutzt. Manchmal fordern die Katzen die Dogge aber heraus, und die wilde Jagd geht quer durchs Haus, die Meute springt über das Sofa, welches knirschend gegen den Heizkörper rutscht, die Blumenkübel werden zusammengeschoben und der Kerzenständer fällt um. Auf die Idee, es den Katzen nachzumachen und auf den Schrank zu springen, ist sie Gott sei Dank noch nicht gekommen.

Schimpfe ich aber ärgerlich los, dann schaut dieses liebenswerte Ungeheuer mich mit treuherzigem Augenaufschlag an, sodass ich nicht lange böse sein kann.

Mein Mann kommt immer häufiger nach Hause, um mit Gina zu spielen und sie zum Spaziergang abzuholen. Aha, nur deswegen?

Dann schmeißt sie sich aufs Sofa, legt den Kopf zurück und schmachtet ihn an. Mein Mann schmilzt dahin, und ich bin vollkommen abgemeldet.

Gina hat im Haus mehrere Liegeplätze. Im Wohnzimmer darf sie auf einem Flokati in der Ecke liegen. Zu gerne würde sie allerdings auf dem Sofa neben mir sitzen, um mir auch in der abendlichen Ruhephase nahe zu sein. Ich aber möchte keine Dogge auf meinem Sofa. Wo soll denn eventueller Besuch Platz finden, denn nicht jeder findet die unmittelbare Nähe einer Deutschen Dogge als angenehm, von den Hundehaaren an der Kleidung gar nicht zu sprechen.

Es hat mich einige Mühe gekostet, ihr das klar zu machen. Kommt mein Mann zu Besuch und setzt sich auf das Sofa, dann schaut sie ihm solange sehnsüchtig in die Augen, bis er resigniert ›hopp‹ sagt.

»Nein!!!«

Wir halten dies einige Tage durch. Die Dogge leidet, mein Mann leidet. Dann kommen so fadenscheinige Argumente wie: »Deine Katzen liegen ja auch auf dem Sofa und dieser nervtötende Yorkshireterrier ebenfalls!« Dass dieser vergleichsweise winzige Yorkshireterrier auf dem Sofa nicht mit einer bald ausgewachsenen Deutschen Dogge verglichen werden kann, ist ihm nicht ganz schlüssig. Wir einigen uns darauf, dass Gina nur so lange auf das Sofa darf, solange mein Mann da ist.

Die Unsinnigkeit dieser Vereinbarung wird mir allerdings schnell klar: Die Deutsche Dogge »Moffo von Rocas Melody« bekommt die ›Sofalizenz‹.

Das Knochengrab

Büffellederknochen haben nicht nur den Zweck Zähne zu reinigen und das Zahnfleisch zu massieren, sondern sie sollen unseren Liebling auch davon abhalten, Tischbeine, Sofakissen und neue Schuhe anzuknabbern. Logisch wäre es natürlich, für einen so großen Hund wie Gina, einen großen Kauknochen zu kaufen, und für den Yorkshireterrier einen entsprechend Kleinen. Praktisch sieht die Angelegenheit jedoch ganz anders aus. Charly verschmäht die kleinen Knochen oder bringt sie blitzschnell in für uns unauffindbare Verstecke. Dann legt er sich auf die Lauer und beobachtet mit Leidensmiene, wie die Dogge diesen herrlichen, großen Knochen bearbeitet.

Irgendwann ist dieser so richtig schön matschig gekaut und es kann sein, dass Gina, des Kauens müde, ihn für kurze Zeit aus den Augen lässt.

Jetzt ist Charlys heiß erwarteter Augenblick gekommen. Lautlos und fast unsichtbar pirscht er sich heran, schnappt sich das Objekt seiner Begierde und trottet siegesbewusst davon, während Gina jedes Mal wieder verblüfft hinterherschaut. Ja, man muss sagen ›trottet‹, denn von ›traben‹, mit stolzem, hocherhobenem Haupt, kann wegen der Größe und Schwere des Kauknochens nicht die Rede sein.

Zu ›Carons‹ Zeiten – Ginas Vorgänger – wäre es gar nicht so weit gekommen. Zwar hatte der Doggenrüde den kleinen Yorkshireterrier in allen Lebenslagen beschützt und gegen Feinde verteidigt, aber in Sachen Knochen kannte er keine Freundschaft. Nachdem ich Charlys Wunden zweimal nähen musste, hat er den großen Hund bei der ›Knochenarbeit‹ nur noch sehnsuchtsvoll aus gebührender Distanz betrachtet.

Nun ist Charly besonders schlau und Gina besonders gutmütig. So kann der Knirps sich manches erlauben. Gespannt wartete ich ab, wie sich der Knochendiebstahl weiter entwickelte. Gute Verstecke für so große Gegenstände gibt es nicht im Haus, also schleppt ›die kleine Ratte‹ den großen Knochen mühsam von der ersten Etage die Treppe hinunter und bugsiert ihn durch die Katzenklappe nach draußen. Allein, wie er das schafft, dafür verdient er Bewunderung. Dann schleicht er wie ein Dieb durch den Hof, blickt ab und zu über die Schulter nach hinten, ob ihm auch niemand folge. Offensichtlich hat er noch nicht begriffen, dass die Dogge nicht durch die Katzenklappe passt. Ab dann verliert sich die ›Knochenspur‹.

Einerseits amüsiert mich das Ganze, andererseits ärgert es mich, denn diese Kauknochen sind nicht billig, und wenn sie irgendwo im Garten vergraben sind, erfüllen sie nicht ihren Zweck. So habe ich den ganzen Sommer lang versucht herauszufinden, wo der Yorkshireterrier sie verbuddelt. Ich habe nach frischen Erdhügeln gesucht, Laubhaufen auseinander geharkt und auf den Boden von Ginas Wühlgraben gestochert – nichts! Auch nicht die Spur eines Knochens auf unserem Grundstück! Aber irgendwo müssen sie sein, denn manchmal erscheint Charly mit etwas Undefinierbarem, eklig matschigem in der Schnauze und windet sich durch die Katzenklappe, diesmal aber ins Haus. Wieso findet Gina die Knochen nicht? Verflixt, wo hat der Kleine sie nur vergraben? Vielleicht gar nicht auf unserem Grundstück?

Oft besucht Charly unsere Nachbarin Brunhilde und dabei durchquert er ihren kleinen Bauerngarten. Natürlich, dort könnte er seine Schätze unterbringen. Wahrscheinlich findet die Dogge deshalb diesen Garten so interessant. Meist kann ich Gina noch im letzen Augenblick, bevor sie die Blumen niederwalzt

oder den Garten umgräbt, vom Grundstück locken. Aber eigentlich beschwert sich Brunhilde nie darüber, dass Charly in ihrem Garten wühlen würde.

Es ist ein schöner Herbsttag. Ich steige gerade aus meinem Wagen auf der Hofauffahrt. Die Dame, die im Klaus-Groth-Museum angestellt ist, bietet mir Weintrauben an, die an der sonnenbeschienenen Vorderfront des Museums wachsen. Wir »klönen« ein wenig und bemerken Charly, der sich durch die schmiedeeisernen Gitterstäbe meines Hoftores quetscht. Er schleicht wie ein Dieb und scheint etwas Schweres zu tragen. Die Dogge Gina steht hinter dem Tor und schaut ihm sehnsüchtig nach. Doggen passen einfach nicht durch ein Nadelöhr. Verwundert sehe ich, dass der Yorkshireterrier sich nicht Richtung Brunhildes Garten bewegt, sondern auf das Museum zusteuert. Er schleicht an mir vorbei, tut so, als sähe er mich nicht, gerade so, als könnte ich ihn dann auch nicht sehen. Ganz dicht drückt er sich am Zaun des Museumsgartens entlang, bis dahin, wo dieser fast an das Nachbargrundstück grenzt; schiebt den viel zu großen Knochen unter die Holzlatten hindurch, kriecht selbst hinterher und verschwindet mit seiner Beute im Gang hinter dem Museum.

Ich sage verblüfft: ›Aha‹ und ›Nasowas‹, und die Dame des Museums lacht ganz laut heraus: »Ich verrate ihnen aber nicht, wo das Knochengrab ist, weil ich Charly das versprochen habe!«

Oh Schreck, eine Dogge!

Bei gutem Wetter sind die Hunde meist draußen im Hof und im Garten, der Schuster`schen Wildnis. Gina leistet emsige Gartenarbeit: Sie gräbt Beete um, Blumenzwiebeln aus und entfernt Büsche, die ihrer Meinung nach an der falschen Stelle stehen. Aber Gina buddelt nicht, sie gräbt Krater! Der Yorkshireterrier, der ganz enttäuscht ist, dass die Doggenhündin ihn nicht an der ›Gartenarbeit‹ teilnehmen lässt, sucht sich seinen eigenen ›Arbeitsbereich‹. Er fängt zwischen Gehplatten und Holzgartenhaus an sich in die Tiefe zu buddeln und verschwindet oft ganz unter der Hütte. Die Dogge steht dann ärgerlich davor, weil sie in diesen schmalen Spalt nicht hineinpasst.

Anfangs habe ich Ginas riesige Löcher immer wieder zugeschaufelt. Allerdings ähnelten meine Bemühungen eher einer Sisyphusarbeit, denn Gina hat sie immer wieder aufgegraben. So habe ich ihr großzügig zumindest einen Arbeitsplatz überlassen. An dieser Stelle hat sie mittlerweile schon eine Tiefe von weit über einem Meter erreicht und ist unter der Erde schon auf dem, beziehungsweise unter dem Nachbargrundstück angelangt. Erstaunlich, was sie so alles zutage fördert. Nicht nur alte Ziegelsteine, sondern auch Scherben aus Ton, und Bruchstücke von altem Porzellangeschirr. Als sie mir stolz ein altes, ausgebleichtes Knochenstück bringt, welches offensichtlich aus dem Hüftbereich stammt, bin ich mir nicht ganz sicher, ob dies tierischen oder nicht vielleicht sogar menschlichen Ursprungs ist. Schließlich habe ich als Tierärztin noch kein menschliches Becken auf dem Seziertisch gehabt. Was wäre, wenn wir ein Mordopfer finden würden?

Nun wohnen wir in unmittelbarer Nähe der Museen. Was liegt näher, als den Museumsdirektor zurate zu ziehen.

Der erkennt allerdings sofort, dass wir keinen archäologischen Fund gemacht haben, sondern dass die Dogge auf eine alte, wahrscheinlich aus den Fünfziger Jahren stammende Hausmüllgrube gestoßen ist.

Na, mal sehen, was Gina noch so zutage fördert.

Wenn die Hunde nicht hinten im Garten sind, stehen sie hinter dem schmiedeeisernen Hoftor und beobachten das Leben auf der Straße, die Menschen, die diesen schönen, riesigen Hund bewundern und den kleinen, wuscheligen Yorkshireterrier wohlwollend belächeln. Vielleicht ist so mancher aber auch froh, dass die Deutsche Dogge hinter dem Tor steht. Charly aber, der quetscht sich durch die Gitterstäbe und begibt sich auf Entdeckungsreise. Er lässt sich von den Passanten streicheln und alle finden ihn sooo süß.

Meist macht er einen Besuch in dem gleich neben uns liegenden Klaus-Groth-Museum. Gina schaut sehnsüchtig durch die Gitterstäbe hindurch. Manchmal, aber wirklich nur ganz selten, vergesse ich das Tor richtig zu schließen.

Eine ältere Dame geht durch den kleinen Vorgarten des Museums, der mit akkurat geschnittenen, niedrigen Buchsbaumreihen bepflanzt ist. Nur wer ganz genau hinsieht, entdeckt zwischen den sauber geharkten Reihen Pfotenspuren, die von einem riesigen Hund stammen müssen. Da muss Gina in einem unbeobachteten Moment nach Charlys versteckten Knochen gesucht haben.

Die Dame klingelt. Als die Museumsangestellte die Tür öffnet, schaut die Dame nach unten und deutet mitleidig auf den kleinen Hund, der vor der Tür steht: »Ihr Hund möchte gerne rein.« Charly wedelt freudig mit dem Stummelschwanz. Frau H. streichelt ihn und sagt dann lachend: »Das ist allerdings nicht mein Hund. Der gehört den Nachbarn.«

Beide streicheln den kleinen Terrier ausgiebig. »Das ist wirklich ein netter Hund«, meint die Dame wieder. »Da sollten Sie erst mal seine Freundin kennenlernen!«, entgegnet Frau H., ihren Blick auf einen Punkt hinter der Dame richtend. Diese dreht sich lächelnd um – und erstarrt zur ›Salzsäule‹.

Die Tasche fällt ihr aus der Hand. Die Dogge aber wedelt freundlich und schaut sie erwartungsvoll an. Erst als Frau H. fröhlich auflacht und beteuert, dass Gina wirklich nicht gefährlich ist, entspannt sich die kleine, alte Dame und wagt es vorsichtig, diesen großen Hundekopf zu streicheln.

Jagdfieber

Immer dieselben Wege zu gehen ist langweilig, sowohl für die Hunde als auch für mich. So haben wir drei oder vier Standardrouten, die wir je nach Witterung und Tageszeit durchlaufen. Bei regnerischem oder besonders feuchtem Wetter bevorzuge ich die ›Klärwerkrunde‹, weil die Spurbahn, die in die Felder führt, teilweise asphaltiert ist. Ein weiterer Vorteil ist, dass die Wege lang, gerade und gut einsehbar sind. Da sowohl die Dogge als auch der Yorkshireterrier gut erzogene und verträgliche Hunde sind (Letzterer allerdings etwas weniger), bereiten mir Begegnungen mit anderen Hunden keine Probleme. Vielmehr befürchte ich, dass so mancher menschliche Zeitgenosse vor der Größe von Gina in Panik geraten könnte, wenn diese zutraulich auf ihn zuläuft. Unverhofft auftauchende Jogger sind nicht für meine Hunde, sondern nur für diese selbst ein Problem.

Die Spurbahn wird beidseitig von dicht bewachsenen ›Knicks‹ begrenzt, hinter denen sich Getreidefelder und Weiden anschließen. Weiter unten jedoch ist ein größerer Durchbruch, der zu der Stelle führt, an der der angrenzende Landwirt seine gehäckselte Mais-Silage gelagert hat. Ein angenehm säuerlicher Geruch schwebt in der Luft. Gina läuft stets in zügigem Tempo den Weg hinunter. Kurz vor dieser Stelle aber beschleunigt sie ihre Geschwindigkeit und sprintet um die Ecke herum. Gleich darauf erfüllt ein ohrenbetäubender Lärm die Luft: Krähen, Möwen, Rebhühner und laut keckernde Fasane erheben sich in die Lüfte! Die Doggenhündin aber steht breitbeinig mitten in der Silage und lacht – und das glaube ich wirklich. Charly flitzt um die Ecke, sieht wie Gina sich voll Wonne in die muffigen Maiskörner wirft – ja, sich förmlich in der Mais-Silage badet – und wirft sich dazu. Beide Hunde wälzen sich ausgiebig. Das ist Gott sei Dank nicht so schlimm, im Gegensatz zu toten Krähen oder aasigen Kaninchen.

An diesem Sonntagmorgen bin ich etwas später aufgestanden. Der Nieselregen hat gerade aufgehört. Also, am besten Richtung Klärwerk. Wir begegnen keiner Menschenseele. Ich spüre die frische Morgenluft auf meiner Haut, atme den Duft der blühenden Schlehenhecken und lausche auf das Gezwitscher der Vögel. Die Spurbahn streckt sich einsam dahin, bis sie in einer scharfen Linkskurve verschwindet. Die Dogge beschleunigt und startet ihren Überraschungsangriff auf den Silagehaufen. Plötzlich kommt aus dem Durchbruch ein ausgewachsener Hase gehoppelt, erstarrt beim Anblick der Hunde für einen kurzen Augenblick, schlägt einen Haken nach links und rast die Spurbahn hinunter. Gina hinterher, der Yorkshireterrier folgt. Rufen ist zwecklos. Der Hase ist schnell. Gina auch, wenn sie erst mal ihr Gewicht in Bewegung gebracht hat. Sie holt auf.

Warum läuft dieser blöde Hase nur geradeaus und springt nicht einfach seitlich über den Knick? Ich bin davon überzeugt, dass er gleich um die Linksbiegung verschwindet und Gina entkommt.

Plötzlich biegt ein Radfahrer um die Ecke. Sekundenlang stutzt der Hase, wendet und rast die Spurbahn zurück und an Gina vorbei, die wegen ihres Tempos und Gewichts nicht mehr rechtzeitig bremsen kann. Vorbei auch an dem überraschten Yorkshireterrier. Der Hase kommt direkt auf mich zu, stutzt, wendet erneut und flitzt den Weg zurück. Gina, die gerade noch mit Mühe vor dem Radfahrer halten konnte, kommt uns entgegen. Der Mann schreit empört auf, fährt aber dennoch unbeirrt weiter. Der Hase erblickt die Dogge und den Fahrradfahrer, schlägt einen scharfen Haken und rast wieder in meine Richtung, die Dogge hinterher. Der Yorky schaut verwirrt von einer

Richtung in die andere. Ich denke, warum hechtet denn dieser dumme Hase nicht einfach seitlich über den Knick, da wäre er doch in Sicherheit. Jetzt kommt er frontal auf mich zu, erstarrt für Zehntelsekunden, wendet und rast an dem Terrier, der Dogge und dem Fahrradfahrer vorbei. Gina, die dieses Mal besser darauf vorbereitet ist, schlägt ebenfalls einen Haken und sprintet hinter ihm her, wobei sie allerdings den Radfahrer fast zu Fall bringt. Der jedenfalls steigt nun endlich ab, allerdings laut lamentierend.

Da – Gott sei Dank! Der Hase hastet ins Gebüsch und entwischt über den Knick.

Gina!!! Die Dogge springt auf den Knick und schaut ihm sehnsüchtig nach, wie er im Maisfeld verschwindet, wohl wissend, dass sie ihn dort nicht erwischen kann. Sie kommt artig bei Fuß, als ich sie rufe.

Der Radfahrer schimpft lautstark gestikulierend über gefährliche, unerzogene, wildernde Hunde. Ich lasse mich auf kein Gespräch ein, bemerke nur: Halten sie mal einem Kleinkind Schokolade hin. Das wird auch danach greifen!«

Schandtaten oder: Ach, du meine liebe Gina

Liebe Roca,

vielen Dank für deine netten Zeilen. Das Bild von Gina im Internet ist doch wirklich allerliebst, so ein netter, so ein eleganter, so ein edler Hund!

Sie ist das ›Herzblatt‹ meines Mannes, seine liebe Gina. Nur muss er langsam feststellen, dass diese Doggendame ein richtiges Luder ist. Keine meiner Doggen hat still und heimlich so viel Schaden angerichtet wie meine ›süße Gina‹:

Fangen wir also in der Kleinkind- bzw. Kleinhundezeit an: Von zerkauten Schuhen und angefressenen Sofakissen wollen wir gar nicht reden, das haben schließlich alle unsere Hunde gemacht, aber warum glaubst du, liegt auf dem Wohnzimmertisch immer eine Tischdecke, die den ganzen Tisch bedeckt und bis zur Erde reicht? Nun, vier rund gekaute Tischecken sind wirklich nicht dekorativ, wenn Besuch kommt!

Das alte Blümchensofa, welches im Esszimmer steht und drei Deutschen Doggen im Laufe ihres Lebens als Lagerstatt diente, hat einem Lebensjahr der reizenden vierten Dogge, nicht standhalten können. Es hat nun zu viel seines Innenlebens preisgegeben und ist heute auf dem Sperrmüll gelandet.

Die wohlgehüteten Kuscheltiere meiner mittlerweile erwachsenen Söhne verloren ihr Innenleben. Schaumstoffflocken, Baumwollklumpen und grobe Holzspäne verteilten sich über das Haus. Nur dieses hässliche, runde, knallgelbe Kuscheltier mit den vier kurzen Stummelbeinen hat sie nicht zerstört. Das liebt sie, daran nuckelt sie zur Beruhigung und zum Einschlafen. Dieses ›Wesen‹ hat mehrere Reinigungsgänge in der Waschmaschine unbeschadet überstanden.

Ein glitschig genuckeltes, zitronengelbes Plüschtier riecht nämlich nicht nur unangenehm, sondern es sieht auch sehr eklig aus.

Meine drei Katzen wären schon längst verhungert, würde ich ihre Fressnäpfe nicht immer wieder auffüllen! Gina gönnt ihnen nicht das ›Schwarze unter dem Fingernagel‹ – wirklich.

Fühlt sie sich unbeobachtet, dann schubst sie die dicke, alte Katze vom Sofa oder sie lauert dem großen, schwarzen Kater auf und überfällt ihn so vehement, dass Odin der Furchtlose die Flucht ergreift. Nur Lieschen die Lautlose wird nicht belästigt. Den Yorkshireterrier kaut sie so matschig, dass er vollkommen verklebt ist und aussieht wie ein verwahrloster Straßenköter. Sie benutzt ihn als Spielzeug und Charly muss ganz schön unter ihr leiden. Ich frage mich, warum der kleine Terrier nicht einfach das Weite sucht. Er muss wohl doch gewisse masochistische Züge besitzen.

Im Garten gräbt sie ›Krater‹ und pflanzt Büsche um, die eine derartige Behandlung nicht vertragen. Pflückt meine selbst gezogene Limonen und lässt sie angekaut liegen. Von meinen Hortensien hat sie im Frühjahr die blütentragenden Sprossen abgekaut. Ich habe Neue gekauft. Insgeheim fürchte ich, dass sie auf den Blüten des Trompetenbaumes, unter dem sie mit Vorliebe liegt, herumkauen könnte. Was macht man denn mit einer Dogge, die ›high‹ ist?

Im Auto ahmt sie den Yorkshireterrier nach, nur dass sein nervtötendes Gekläffe bei ihr einen ohrenbetäubenden Geräuschpegel erreicht und ich befürchten muß, dass die Glasscheiben ihr nicht standhalten. Sie gibt sich den Anschein eines gefährlichen Kampfhundes und hundeunerfahrene Menschen fallen bestimmt darauf rein.

Ganz besonders gemein aber verhält sie sich, wenn wir Hunde treffen, die ihr unbekannt sind. Dann tut sie so, als habe sie meine Aufforderung ›bei Fuß‹ gar nicht gehört, schlägt sich scheinbar harmlos und unbeteiligt in die Büsche und rast plötzlich auf den fremden Hund zu. Die derart Überfallenen geben sofort ›klein bei‹ und signalisieren ›Frieden‹. Als mein Mann dies zum ersten Mal miterlebte, war er ganz empört über seine ›liebe Gina‹. Ich aber weiß, dass sie ein ganz raffiniertes Luder ist. Aber wenn ich ganz ehrlich bin, ein artiger Hund wäre doch wirklich langweilig, oder?

Deine Gabriele

Angeschmiert

Wenn wir von unserem Spaziergang aus der Feldmark zurückkommen und ins Wohngebiet an die ersten Häuser gelangen, die mit ihren schönen Vorgärten idyllisch im Grünen liegen, dann beschleunigt der Yorkshireterrier seinen Schritt und strebt zielgerichtet nach links auf ein ganz bestimmtes Haus zu. Gina nehme ich lieber an die Leine, der freilaufenden Hühner wegen, die einem der Anwohner gehören und hier ein paradiesisches, wenn auch nicht ganz ungefährliches Leben führen. So recht kann Gina es nicht verstehen, dass ›Hühner jagen‹ auch zu den verbotenen Vergnügungen zählt.

In jenem ganz bestimmten Haus leben zwei Sheltyrüden. Treffen wir während des Spazierganges im Freien aufeinander, dann meidet Charly jeglichen freundschaftlichen Kontakt mit den beiden, obwohl sie doch endlich einmal die Körpergröße eines Hundes haben, mit der auch ein Yorkshire Terrier gefahrlos spielen könnte. Man kommt sich nicht zu nahe, wendet sich indigniert ab oder bellt sich empört an. Die beiden Sheltys, der eine Tricolor, der andere in feiner blue-merle Färbung, stehen geschlossen beieinander und bellen in hoher Stimmlage herablassend in Richtung Yorkshireterrier. Fast scheint es so, als wären sie sich ihres gepflegten Haarkleides und ihres edlen Stammbaumes bewusst. Charly ärgert sich fürchterlich, aber die Sheltys sind eben leider zu zweit. Eigentlich ist das Ganze auch nur Imponiergehabe, so richtig böse ist keiner auf den anderen.

Gina betrachtet das Geschehen emotionslos. So kleine Hunde sind unter ihrer Würde. Das soll der Yorky selbst regeln.

Aber nun kommt Charlys großer Auftritt. Es ist jedes Mal dasselbe Prozedere, denn jetzt sind diese arroganten Sheltys im Haus eingesperrt und von ihm nur durch die gläserne, aber unüberwindbare Haustür getrennt. Charly prescht also durch den Vorgarten. Ein ohrenbetäubendes Gekreische erfüllt die Luft. Um Himmels willen die Hühner! Ich laufe hinter her und sehe, wie der große bunte Hahn aufgebracht in die Höhe flattert und die drei Hühner empört, laut gackernd, davon stieben. Jedoch auf die hat es der kleine Terrier gar nicht abgesehen. Er springt laut bellend vor der gläsernen Haustür auf und ab. Dahinter erscheinen die Sheltys, werfen sich wütend gegen die Tür, sodass ich befürchte, das Glas könne ihrem Ansturm nicht standhalten und sie antworten mit einer schrillen Bellkanonade. Kurze Pause bei Charly, dann bellt er mit sichtlichem Vergnügen weiter.

»Charly«!!! – Der hält inne und läuft in meine Richtung, zögert, wendet sich wieder um und beginnt erneut mit herausforderndem Gebell vor der Tür. Die Sheltys ›spucken Gift und Galle‹ und können sich gar nicht mehr beruhigen.

»Charly«!!! – Charly wendet sich ab und läuft hinter mir her, denn ich habe meinen Weg schon fortgesetzt. Aber dann muß er sich doch noch einmal umdrehen und ein drittes Mal seine Feinde zur Weißglut bringen, dieses Mal allerdings nur ein ganz kurzes Gastspiel.

Mit sichtlicher Genugtuung kann er nun seinen Heimweg fortsetzen.

Weil es wirklich jedes Mal in derselben Weise abläuft, und die gläserne Tür offensichtlich äußerst stabil ist, will ich Charly dieses Vergnügen nicht nehmen. Ich übersehe ihn einfach, gehe schnell weiter und tue so, als gehöre dieser kläffende kleine Hund nicht zu mir. Dennoch ist man vor Überraschungen nie sicher.

Wie immer flitzt Charly am Ende unseres Spazierganges den Weg hinunter, prescht durch den Vorgarten seiner Feinde und baut sich laut bellend vor der Haustür auf. Stille! Keine Antwort. Der Yorkshire Terrier zögert, bellt erneut.

Sekunden vergehen, dann ertönt wütendes Gebell, aber dieses Mal kommt es aus einer anderen Richtung: Die Sheltys stehen hinter ihm! Charly erstarrt. Dass die Beiden auch mal im Garten sein könnten, damit hatte er nicht gerechnet.

Charly tritt zögernd den Rückzug an, bellt einige Male in Richtung des Duos, aber so richtig herausfordernd hört es sich nicht mehr an. Seite an Seite, weil man gemeinsam stark ist, und weil sie sozusagen Heimvorteil haben, drängen die beiden Hunde den Yorkshireterrier vom Grundstück. Sie wagen es aber nicht, ihm zu nahe zu kommen. Gemessenen Schrittes kommt Charly zu mir zurück. Er dreht sich allerdings noch ein paar Mal kurz um, läuft zwei, drei Schritte zurück und bellt hocherhobenen Kopfes in Richtung der Sheltys. Schließlich muß man auch eine Niederlage mit Würde tragen.

Eigentlich hatte ich gedacht, dass Charly so eine unangenehme Situation nicht noch einmal erleben wolle. Aber er kann es einfach nicht sein lassen, die beiden Hunde zu ärgern, und meistens sind sie auch hinter der Tür.

Pferdeäpfel, die sich bewegen

Frühmorgens laufe ich mit den Hunden über die Rennbahn des Reit- und Traberklubs. Noch stehen die Pferde in ihren Boxen und die Hunde können sich frei bewegen. Gina entdeckt Kaninchen und sprintet los, Charly mit seinen kurzen Beinen hinterher. Er scheint regelrecht zu fliegen, so schnell ist der kleine Kerl.

Doch die Kaninchen sind wachsam und verschwinden blitzschnell in ihren Bauten. Frustriert kommt Gina zurück, allerdings das Maul voll frischer Pferdeäpfel. Ich ignoriere das einfach.

Hinter der Rennbahn befindet sich der asphaltierte Übungsplatz des DDACs. In der frühen Morgensonne scheint er wie eine silbergraue schimmernde Eisfläche. Die fließende Harmonie wird aber durch eine einzelne über die Oberfläche ragende Erhebung gestört. Meine etwas kurzsichtigen Augen interpretieren sie als Maulwurfshügel (wieso auf dem Asphalt?) oder einen Haufen Pferdeäpfel. Die Hunde stürmen darauf los. Seit wann bewegen sich Pferdeäpfel? Ich beschleunige meine Schritte. Die Dogge und der Yorkshireterrier bleiben regungslos stehen und starren gespannt auf das unbekannte Wesen vor ihnen, welches seinen gekrümmten Rücken streckt, sich auf die Hinterbeine erhebt, in Abwehrstellung geht und sie empört anfaucht. Das muss ein Marder oder ein Wiesel oder ein Iltis sein. Ich weiß das nicht so genau, denn diese Spezies gehört normalerweise nicht zu meinen Patienten.

Jetzt springt Gina im Kreis um das kleine Raubtier herum, aber Charly geht zum Angriff über. Der Yorky ist schlichtweg größenwahnsinnig! Ich fürchtete schon um sein Leben, als er sich im Reitstall an der Rattenjagd beteiligte und tatsächlich zwei dieser Tiere erlegte, aber einem Marder wird er nicht gewachsen sein. Kurzerhand greife ich ihn im Nacken und klemme ihn mir unter den Arm. Dann versuche ich die aufgeregte Gina zu fassen, die wiederum versucht das kleine Raubtier zu erwischen. Das jedoch verteidigt sich, es dreht und wendet sich behände und hält die Dogge auf Abstand. Schließlich kann ich Gina im Halsband greifen. »Verschwinde!«, fahre ich das Tier an, denn ich möchte nicht, dass es zu Schaden kommt, möchte ihm eine Gelegenheit zur Flucht geben. Doch dieses ›blöde‹ Tier denkt nicht daran abzuhauen. Es gleitet wieder auf den Boden zurück und beschäftigt sich offensichtlich mit einer Beute, die es auf keinen Fall zurücklassen will, und behält dabei meine beiden Hunde im Auge. Es macht überhaupt keinen ängstlichen Eindruck und

keine Anstalten fortzulaufen. Ob das vielleicht ein zahmes, entlaufenes Frettchen ist? Oder – mich durchfährt ein eisiger Schreck – scheint es nur so zutraulich, weil es Tollwut hat?

Der zappelnde Yorkshireterrier windet sich aus meinem Arm und der Tanz beginnt von Neuem. Ziemlich genervt brülle ich meine Hunde an und ziehe sie aus dem Gefahrenkreis. Mit Mühe kann ich sie zum Weiterlaufen bewegen. In sicherer Entfernung halte ich inne und beobachte dieses eigenartige Wesen, das jetzt in Seelenruhe seine Beute schnappt und dann flink über den dicht bewachsenen Wall verschwindet.

Hm, hm, sehr merkwürdig.

Im Laufe des Vormittags muß ich noch immer über das Geschehene nachgrübeln und rufe schließlich bei einem der Jäger an, frage, ob er mir das Verhalten des Tieres erklären kann und wieso es keinerlei Angst gezeigt habe. Eine Erklärung hat der auch nicht und versucht eher mir Angst zu machen, so von wegen Tollwutgefahr und dass man seine Hunde lieber an der Leine führen sollte. Also, so etwas! Ich weiß doch, dass es seit zwanzig Jahren in Dithmarschen keine Tollwut mehr gibt.

Trotzdem bin ich beunruhigt.

Immer noch grübelnd rufe ich schließlich den tierärztlichen Kollegen an, der gleich hinter dem Wall sein Wohnhaus hat. Der lacht. Die Sache hätte sich schon erledigt. Sein Rauhaardackel habe dem zutraulichen Wiesel, das schon seit einiger Zeit wagte, unvorsichtig über sein Grundstück zu laufen, heute Morgen ein schnelles Ende bereitet.

Schade!

Rindvieh

Es ist früher Nachmittag. Ich schlürfe an meinem viel zu heißen Kaffee und überfliege die Tageszeitung. Noch liegt Gina entspannt auf dem Sofa, aber ihre Ohren sind auf Lauerstellung in Erwartung des geliebten ›raus, raus, raus!‹ Charly dauert meine Kaffeepause zu lange. Er baut sich vor mir auf und blickt erwartungsvoll zu mir hinauf. Ich tue so, als habe ich ihn nicht bemerkt und lasse meine Augen weiter über die Zeitung streifen. Der Yorkshireterrier hält den Kopf schief und gibt einen leisen ›Möffton‹ von sich, sodass ich doch aufblicken muß. Seine schwarzen Knopfaugen blitzen unter dem Stirnschopf hervor und fixieren mich. Der Kaffee ist immer noch zu heiß. Ich blicke einfach zur anderen Seite und tue so, als habe ich den kleinen Hund gar nicht bemerkt. Pech gehabt! Charly hat die Seite gewechselt und blickt mich von dort aufmerksam an. Als ich immer noch nicht reagiere, knurrt er leise. Ich blicke zur anderen Seite. Dieses Spiel wiederholt sich einige Male, dann wird es Charly zu dumm: Er bellt mich laut an und Gina springt vom Sofa. Den restlichen Kaffee schütte ich ins Waschbecken. »Raus, raus, raus!!!« Der Yorky flitzt die Treppe hinunter, die Dogge poltert hinterher.

Am Feldweg springen die Hunde aus dem Auto, Charly vor Aufregung und Freude laut kläffend, Gina mit großen Sätzen von dannen. Kaninchen kreuzen unseren Weg. Gina ist nicht interessiert, denn sie weiß aus Erfahrung, dass sie gleich in ihrem Bau verschwunden sind. Es lohnt sich nicht der Mühe. Aber bald wird es interessanter: Rechts vom Weg erstreckt sich eine eingezäunte Schafkoppel. ›Schafe jagen‹ ist strengstens verboten! Da gibt es keine Diskussionen. Gina blickt mich vorsichtig von der

Seite an. Klar, ›Schafe jagen‹ ist verboten, aber ein bisschen Erschrecken könnte doch erlaubt sein. Die Dogge verharrt einen Moment und schießt dann ganz plötzlich den Weg entlang. Die dösig grasenden Schafe schrecken auf und stieben davon. Gina bleibt stehen und blickt mit ganz harmlosem Gesicht und freundlich schwanzwedelnd hinter ihnen her. Die Schafe bleiben abrupt stehen und blicken zurück: wieder mal reingefallen!

Gina!

Charly findet Schafe langweilig, er ist weitaus mehr an den Kaninchenbauten interessiert. An einem schnüffelt er ganz besonders intensiv. Der hat einen außergewöhnlich großen Eingang. Ich greife den kleinen Terrier im Nacken und klemme ihn mir unter den Arm, denn ich habe keine Lust auf eine eventuelle Begegnung mit einem Dachs.

Bald darauf passieren wir eine Rinderweide. ›Kühe jagen‹ ist ebenfalls verboten! Die Milchkühe auf dieser Weide lassen sich von Hunden nicht beeindrucken. Die sind erfahren genug. Sie grasen bei Ginas Anblick ruhig weiter. Auf der Nachbarkoppel jedoch sind ältere Kälber und Färsen, die neugierig näher kommen. Gina bleibt ganz ruhig stehen. Die Tiere kommen noch näher. Da springt Gina ganz plötzlich mit allen Vieren in die Höhe – und weg sind sie! Nach kurzer Flucht bleiben sie stehen und blicken zurück. Dieses große hundeähnliche Wesen ist ihnen ja gar nicht gefolgt. Ob das wirklich ein Hund ist? Noch bleiben die Jungtiere wie angewurzelt stehen und starren die Dogge an. Die bewegt sich nicht. Neugierig machen sie ein paar Schritte auf Gina zu, bleiben wieder stehen, trauen sich nicht so recht. Gina wartet, läuft dann ein paar Schritte hin und her. Keine Reaktion von diesen ›blöden‹ Rindviechern. Da duckt Gina sich ins hohe Gras, sodass gerade noch die Rückenlinie und die Rutenspitze hervor schauen. Die Neugier siegt. Die Jungtiere kommen vorsichtig immer näher. Nur Ginas Rutenspitze bewegt sich. Sie kommen noch näher. Plötzlich springt die Dogge hoch in die Luft – und weg sind die Rinder!

Leider muss Gina feststellen, dass auch Rinder lernfähig sind, denn je häufiger wir diesen Weg gehen, desto weniger lassen sie sich erschrecken. Da muß sie schon ganz schön lange im Gras versteckt liegen bleiben, um die Tiere anzulocken.

Einer meiner Lieblingswege führt durch das Moor. Da müssen die Dogge und der Yorkshireterrier möglichst auf dem Weg bleiben, denn das Moor ist nicht ungefährlich. Auf den feuchten Weiden am Rande des Moores grasen Rinder.

Wir laufen einen geraden, gut einsehbaren Pfad entlang. Der Boden unter meinen Füßen federt zurück. Wir laufen wie auf Watte. Weiter vor uns geht das mit dichten Büschen bewachsene Moor in offenes Weideland über.

Die Dogge galoppiert den geraden Weg entlang und verschwindet scharf rechts um die Kurve. Als auch Charly und ich um die Kurve biegen, bietet sich uns ein überraschender Anblick: Gina steht auf der Koppel und vor ihr im Halbkreis eine Jungbullengruppe. Bisher war sie noch nie so frech, auf eine Weide zu laufen. ›Kühe jagen‹ ist doch verboten! Allerdings sieht sie nicht gerade glücklich aus, so mit eingeklemmter Rute und leicht geduckter Körperhaltung.

Da entdecke ich vor dem Drahtzaun im weichen moorigen Boden, längs verlaufende, breite Rillen: eine ›Bremsspur‹!

Offensichtlich war die Dogge so schnell, dass sie die Kurve nicht mehr gekriegt hat, geradeaus geschossen ist und unfreiwillig unter dem Drahtzaun hindurch auf der Weide gelandet ist.

Die Bullen sind neugierig und machen ein paar Schritte vorwärts auf die Dogge zu. Gina springt ein paar Schritte auf die Bullen zu. Die weichen zurück.

»Gina komm schnell!«

Gina macht ein paar Schritte in meine Richtung, bleibt am Zaun stehen. Die Tiere kommen wieder näher. »Gina! Komm!« Gina schaut mich unsicher an, wendet sich um, macht wieder ein paar Schritte auf die Rinder zu. Diese wiederum sind verunsichert und lassen sich ein paar Schritte rückwärts drängen, flüchten aber nicht. Gina wendet sich zum Zaun um, bleibt aber wieder stehen und schaut mich verzweifelt an. Ich verstehe. Der Weidezaun ist dreifach gespannt, da passt sie normalerweise nicht drunter durch. Ich will ihr helfen und erfasse den untersten Draht, um ihn hoch zu heben, damit sie durchschlüpfen kann. Ein stechender Schmerz durchfährt mich. Natürlich, der Weidedraht der Bullenkoppel steht unter Strom! Gina muß ebenfalls einen Stromschlag bekommen haben, als sie unter ihm hindurchgerutscht ist.

Die Bullen sind wieder nähergekommen. Noch bleiben sie stehen, doch einer scharrt mit den Hufen. Ein dumpfes Brummen ertönt. Ein Zweiter lässt ein gefährliches Gegrummel hören. Oh Gina, was machen wir jetzt nur?

»Gina komm!«

Verzweifelt blicke ich den Zaun entlang und entdecke eine Vertiefung im weichen Moorboden, eine Möglichkeit für Gina, unter dem Elektrozaun hindurchzuschlüpfen. Ich wende mich den Bullen zu, breite langsam die Arme aus, schlage dann ganz schnell und heftig die Hände zusammen und rufe ganz laut: »Huh! Huh!« Die Tiere springen erschreckt zurück. Ich laufe schnell zu dieser Vertiefung, lege mich auf den feuchten Moorboden und krieche ein Stück unter dem Draht hindurch auf die Koppel. Die Bullen scharren unruhig mit den Hufen und kommen bedrohlich nahe. Ihr Atem dampft. Der Sabber fließt aus dem Maul.

»Komm Gina, komm!« Sie schleicht ganz langsam auf mich zu, die Bullen im Auge haltend. Ich berühre ihre Vorderpfoten und krieche dann rückwärts auf den Weg zurück. Gott sei Dank, die Hündin hat es begriffen. Sie presst ihren Körper in das nasse Gras und robbt unter dem Zaun hindurch. Geschafft! Erleichtert nehme ich sie in die Arme und knuddel sie immer wieder ab.

Charly, der das Ganze gespannt mit verfolgt hatte, springt freudig bellend an uns hoch. Ich glaube, Ginas Interesse an ›Rindvieh‹ ist vorerst erloschen.

Moorgeschichten

Das Moor ist reizvoll zu jeder Jahreszeit. Im Frühjahr und Frühsommer sind die geschützt liegenden Moortümpel bedeckt von einem blauen Teppich aus Wasserhyazinthen, und gelbe Seerosen breiten sich über große Flächen aus. Im Sommer faszinieren mich die in allen Farben schimmernden Libellen. Die Luft ist heiß und feucht und scheint zu stehen. Kaum ein Laut ist zu vernehmen in der Mittagszeit, nur der feine schrille Ruf der Uferschwalben. Die Feuchtigkeit des Moores lässt die Pflanzen auch dann noch in dunklem Grün erscheinen, wenn sonst überall die Vegetation in der Hitze verkümmert.

Im Spätherbst aber liegt Nebel über dem Wasser. Man kann die Wege gerade noch erkennen. Die Blätter färben sich nicht bunt, sondern hängen vertrocknet und grau an den Zweigen. Die Luft ist feuchtigkeitsgetränkt und eine gespenstische Stille liegt über den Wegen. Selbst die Hunde bewegen sich lautlos. Das ist die Zeit, in der ich beklommen in die grauen Nebelschwaden schaue und mir vorstelle, wie es hier wohl vor einigen Jahrhunderten gewesen sein mag. Ich denke an die Moorleichen im Schleswiger Schloss und sehe Gespenster und bin ganz froh, wenn wir unsere Runde beendet haben.

Weil das Moor auch in unserer Zeit nicht ungefährlich ist, bemühe ich mich, die Hunde auf den Wegen zu halten. Der Yorkshireterrier mit seinen kurzen Beinen bleibt nämlich manchmal in dem moorigen Boden einfach stecken und muß von mir befreit werden.

Aber immer nur auf den befestigten bekannten Wegen zu laufen wird langweilig. Schön ist es, über die Landzungen zwischen den einzelnen Seen zu laufen. Der Boden federt unter den

Füßen. Gina hat die Nase auf dem Boden, läuft nach vorne, kommt wieder zurück, wechselt von einer Seite zur anderen. An dieser Landzunge ist der Wasserspiegel soweit gesunken und der Abstand zur nächsten so schmal, dass Gina mit einem Sprung den Morast überwindet und auf der anderen Landseite erscheint. Es knackt und knistert in den Büschen. Die Dogge verharrt einen kurzen Augenblick.

»Gina – komm zurück!!!«

Sie schaut kurz auf und verschwindet im Gebüsch. Verflixt, da müssen Rehe sein. Ich rufe lauter. Das Knacken in den Zweigen verstärkt sich, scheint von mehreren Seiten zu kommen, entfernt sich dann, wird immer leiser, verstummt.

»Gina!!!«

Ich traue mich nicht durch den sumpfigen Graben auf die andere Seite zu wechseln. Es gibt keinen Übergang. Selbst Charly schaut mich unsicher an. Da geht er auch trotz aller Liebe zu seiner Doggenfreundin nicht hindurch. Ich stelle mir voll Entsetzen vor, dass Gina im moorigen Boden feststecken könnte. Kann nicht sein, versuche ich mich zu beruhigen, dann müsste ich doch irgend ein Geräusch hören. Ich laufe bis zur Spitze der Landzunge und blicke über das dunkle Wasser. Der verlandete Bereich des Sees rechts neben mir, auf dem die Dogge verschwunden ist, führt in weitem Bogen auf die andere Uferseite.

»Gina!!!«

Da bemerken meine Augen eine Bewegung am weit entfernten Ufer. Das Reet bewegt sich, teilt sich und – Gott sei Dank – Gina erscheint am Uferrand. Ich winke mit den Armen, ich rufe. Gina entdeckt mich, läuft hin und her. Sie versucht ins Wasser zu gehen, zieht sich wieder zurück. Nein, Wasser, welches bis über die Ellenbogen geht, kann sie nicht ertragen. Ich rufe weiter: «Gina komm, Gina schwimm!«

Die Dogge läuft verzweifelt am Rand des Moorsees auf und ab. Da verstecke ich mich im hohen Schilf, hoffend, dass sie, wenn sie mich nicht mehr sieht, sich doch ins Wasser begibt und zu mir herüber schwimmt. Vielleicht tritt sie auch den Rückweg über Land an, aber ob sie den in dem Gewirr von Kanälen findet? Das ist viel gefährlicher als zu schwimmen. Ich warte eine Weile und blicke dann erwartungsvoll übers Wasser. Keine Gina zu sehen, nicht im Wasser und auch nicht am anderen Ufer. Es wird mir nichts anderes übrigbleiben, als den ganzen Weg zurückzugehen und zu versuchen, das gegenüberliegende Ufer von der anderen Moorseite zu erreichen. Bedrückt mache ich mich auf den Rückweg. Was ist, wenn sie dann nicht mehr da ist und verzweifelt durch das Moor irrt.

Ich hetze den Weg zurück. Da knackt es in den Büschen. Vögel stieben auf in die Luft. Fasane keckern empört. Die Geräusche kommen immer näher und – Gina springt mit einem großen Satz über den Graben. Weinend vor Glück nehme ich einen moorschlammtriefenden riesigen Hund in die Arme.

Der Schreck sitzt mir noch in den Gliedern. Deshalb begehen wir nur noch die Wege am Rande des Moores.

Oft gehe ich in Gedanken so vor mich hin. Der Yorkshireterrier und die Dogge schnüffeln hier, schnüffeln dort. Manchmal laufen sie voraus, manchmal bleiben sie zurück, weil sie irgendeine besonders interessant riechende Stelle gefunden haben. Manchmal patschen sie durch die Wassergräben. Aber immer bleiben wir nahe zusammen.

Ich habe mein Auto am Beginn des Wirtschaftsweges am Rande des Moores abgestellt. Die milde Herbstsonne scheint auf das vertrocknete Reet und lässt die Vogelbeeren brennend Rot aufleuchten. Jenseits des Entwässerungsgrabens grasen noch Rinder auf den Weiden. Es ist ein schöner Nachmittag.

Ich gehe in Gedanken und die Hunde ihre eigenen Wege. Irgendwann drehe ich mich nach ihnen um, kann sie aber nicht entdecken. Ich pfeife. Nanu, wo bleiben sie denn? Sind sie etwa in diesem Krüppelkieferdickicht verschwunden? Ich pfeife und rufe laut und sehr energisch. Da sehe ich, wie der kleine Terrier ganz von fern auf dem Feldweg herbeiflitzt. Von Gina keine Spur. Kurz vor mir hält er atemlos an und ich will gerade losschimpfen, so von wegen, verflixt, wo bleibt ihr denn, und verdammt, wo ist denn dieser ›blöde‹, große Hund, da schaut der Kleine mich mit seinen wachen Knopfaugen auffordernd an, dreht sich um und läuft den Weg zurück. Verflixt, wo bleibt denn Gina? Ich laufe hinter Charly her. Der hält plötzlich an. Es platscht im Wassergraben. Ich will gerade ärgerlich sagen: »Gina, komm da raus!«, da erfasse ich den Ernst der Situation: Gina ist bis zu den Schultern in einer Art Treibsand eingesunken. Sie kann nicht heraus!!! Sie kämpft dagegen an, bekommt die Vorderbeine etwas frei, versucht ihren Körper Richtung Böschung zu schieben, sinkt wieder zurück. Der zähe Sandboden gibt schmatzende Geräusche von sich. Die Dogge blickt mich verzweifelt an. Ich rutsche die Böschung hinunter, aber der feuchte Moorboden ist so glitschig, dass ich mich selbst kaum halten kann. Ich würde genauso wie Gina in dem Graben landen. So geht es nicht. So kann ich sie nicht fassen. Gina versucht sich zu bewegen, schaut mich mit verzweifelten Augen an.

An der gegenüberliegenden Grabenseite wächst eine kleine, knorrige Eiche, die ihre Zweige über den Wassergraben ausstreckt. Ich richte mich auf und entdecke, dass es weiter unten einen Übergang für das Weidevieh gibt. Ich sprinte los, Charly hinter mir her. Es scheint eine Herde von weiblichem Jungvieh zu sein, die da grast. Aber eigentlich ist mir das Geschlecht der Rinder vollkommen gleichgültig, denn ich werde auf jeden Fall über die Weide laufen. In Windeseile habe ich den stacheligen Weidezaun überwunden und bin bei Gina angelangt. Von dem Riesenhund ragt nur noch ein Drittel seines Körpers aus dem Schlamm.

»Warte Gina, ich helfe dir.« Ich ergreife mit der linken Hand einen der kräftigeren Eichenäste, rutsche langsam den Rand des Grabens hinunter und stemme meine Füße in den weichen Boden. Jetzt habe ich Halt und kann die Dogge mit der rechten Hand im Halsband ergreifen. Ich ziehe. Gina arbeitet mit. Sie kommt ein Stück heraus, gleitet aber wieder zurück. Sie ist zu schwer.

Panik will in mir aufsteigen. Nein, nur das nicht. Es muss gehen! Ich lasse den Ast los, stemme meinen Rücken gegen die Böschung und greife mit beiden Händen in das Halsband. Ich weiß, dass ich ganz viel Kraft habe und ich werde nicht aufgeben.

Gina bewegt sich. Sie bekommt festen Boden unter den Füßen zu fassen. Die sandige Moorkuhle schmatzt, blubbert, weicht zurück. Ich fliege mit einem plötzlichen Ruck nach hinten gegen die Böschung, als die Dogge aus dem saugenden Untergrund freikommt. Gina begräbt mich fast unter sich, hangelt sich nach oben.

Mir fallen tausend Steine vom Herzen. Ich wende mich um und schaue über den Grabenrand: Da stehen die Rinder im Halbkreis und schauen neugierig auf uns herab. Gott sei Dank, es sind wirklich nur Jungrinder und keine Bullen.

Gina schüttelt sich und jetzt klebt der schwarze Schlamm auch in meinem Gesicht und meinen Haaren. Charly springt an uns beiden hoch. Er ist der Einzige von uns der nicht dreckig ist.

Erleichtert treten wir den Rückweg an. Wir sind immer noch mit feuchtem Schlamm bedeckt als wir am Auto ankommen. So schnell werden wir den wohl nicht los, und dann, ich fasse es nicht: Mein Auto springt nicht an!

Es bleibt uns nichts anderes übrig, als bis zum nächsten Haus zu laufen, um meinen Mann telefonisch zu erreichen.

Das nächste Haus ist eine Baufirma. Ich klopfe und betrete mit meinen Hunden im Gefolge den Vorraum des Büros. Man schaut uns an als wären wir Moorgeister!

Die Katze im Ofen

Wir wohnen in einem Haus aus der Gründerzeit. Um den Charme des Hauses zu erhalten, haben wir an der Aufteilung der Räume nichts geändert. Daher befindet sich im Behandlungsraum der Praxis ein großer alter Kachelofen, ein ehemaliges Meisterstück, der von der Praxis aus beheizt werden kann. Was wir aber mangels Zeit und wegen der Staubentwicklung nie tun. Dieser Ofen ist durch die Wand hindurchgebaut und reicht bis ins Wartezimmer. Auf diese Weise könnte er beide Räume gleichzeitig wärmen. Seitens des Behandlungsraumes befindet sich zwischen Ofen und Fußboden ein annähernd zehn Zentimeter hoher Spalt, der wohl dazu dient, dass der Fußboden nicht zu heiß wird.

Während des Praxisbetriebes liegt Charly, von den Patienten meist unbemerkt, auf seinem Kissen unter dem Schreibtisch. Nur wenn er sich mit großen Hunden wie schwarze Labradore, Rottweiler und Dobermänner anlegen will, muss er den Raum verlassen.

Eines Vormittags wird uns ein Katzenkorb mit einer kleinen, vier Monate alten Katze auf den Behandlungstisch gestellt. Der Besitzer warnt mich, es sei ein ängstliches, fast noch wildes Tier. Vorsichtshalber schicken wir deshalb den Yorkshireterrier nach draußen.

Vorsichtig öffne ich den Deckel des Korbes. In der Ecke kauert ein mageres, pechschwarzes Kätzchen, die gelben Augen in Panik weitaufgerissen, die Ohren zurückgelegt und faucht warnend. Beruhigend spreche ich auf das Kätzchen ein und nähere langsam meine Hand, um die Kleine zu streicheln und dann zu greifen. Plötzlich schießt sie wie ein der Blitz aus der Ecke und aus dem Korb, viel zu schnell um sie zu fassen. Sie landet auf dem Boden, hetzt suchend durch den Raum und huscht zum Ofen. Da kann ja nichts passieren denke ich, doch die kleine Katze verschwindet unter dem Ofen.

Leise „Miez, Miez“ rufend, taste ich den Spalt zwischen Boden und Ofen ab. Nanu, meine Hände fühlen weder ein weiches Katzenfell, noch schlägt sie ihre Krallen in meine Hand. – Nichts!

Ich lege mich bäuchlings vor den Kachelofen und spähe darunter: – Nichts!

Allerdings entdecke ich, dass zwischen der Rückwand des Ofens und der Wand, die Behandlungszimmer und Wartezimmer trennt, ebenfalls ein Spalt beziehungsweise Hohlraum ist. Dahinein muss unsere kleine Katze entschwunden sein. Oh je, ich befürchte die Katze sitzt im Ofen!

Ich öffne die Klappe zum Brennbereich, wo sie natürlich nicht sitzt. Nacheinander öffnet Natalie, meine Tierarzthelferin, verschiedene Klappen sowohl seitens des Behandlungszimmers als auch seitens des Wartezimmers. – Nichts!

Wir stellen Katzenfutter und Milch in die Nähe des Ofens und verlassen für eine Weile den Raum. – Nichts rührt sich.

Über die Innenkonstruktion des Ofens bin ich mir nicht im Klaren, und so erfasst mich der Gedanke, dass die kleine Katze in den Schornstein gelangt sein könnte und mittlerweile auf dem Dach sitzt. Also stürme ich zwei Stockwerke nach oben, klettere über eine Leiter durch das Dachlukenfenster auf das leicht geneigte Flachdach – keine Katze zu entdecken! In meiner Aufregung fällt mir auch noch das Fenster aus der Hand und die Scheibe zersplittert.

Wieder unten angekommen gibt es noch immer kein Lebenszeichen von der verschwundenen Katze. Nun, dann müssen wir sie aus dem Ofen jagen. Natalie holt ein Kofferradio und stellt es, auf volle Lautstärke gedreht, vom Wartezimmer aus in den Ofen, darauf hoffend, dass die kleine Katze auf der anderen Seite aus dem Ofen flüchten wird. Doch weder Volksmusik, noch Hipp Hopp oder Rock-Pop bringen sie dazu, ihr dunkles Versteck zu verlassen.

Ob sie überhaupt noch lebt?

Wir hören ein leises Rascheln auf der anderen Ofenseite. Schnell laufe ich in das Behandlungszimmer, spähe in die seitliche Klappentür und sehe einen Schatten im Lüftungssystem verschwinden. Gut, denke ich, die Katze muss da raus! Lass uns zu stärkeren Maßnahmen greifen. Wir holen einen Eimer, füllen ihn mit Wasser und gießen es an mehreren Stellen in den Ofen. Aber statt schwarzer Katze kommt nichts anderes als schwarze Brühe heraus.

Inzwischen wuselt Charly durch die Praxistür und erscheint schnüffelnd am Ofen, sein Körper vibriert.

„Such Charly, such, such!"

Charlys Stummelschwanz wedelt aufgeregt hin und her.

„Such Charly, such!"

Der Yorkshireterrier versucht sich in den Spalt unter dem Ofen zu quetschen. Doch der ist selbst für ihn viel zu schmal. Aufgeregt wendet er sich der an der Korridorwand liegenden Ofenecke zu und fängt dort wie wild an zu graben, als ob er einen Kaninchengang erweitern will. Wir sehen imaginären Sand fliegen und hören sein aufgeregtes Jagdfiepen. Plötzlich rührt sich etwas im Ofen! Offensichtlich hat sich die arme kleine Katze genau in diese entfernteste Ecke verkrochen und sieht nun durch den Hund ihre Sicherheit gefährdet.

Ich spähe durch die Klappe auf meiner Seite des Ofens. Ein Schatten huscht vorbei. Blitzschnell greife ich zu und ziehe eine nasse, vor Schreck fast starre Katze hervor. Behutsam wickeln wir sie in ein weiches Handtuch. Den kleinen Terrier loben wir, schicken aber den enttäuschten Hund, der seine Beute nicht beschnüffeln darf, aus der Praxis.

Es dauert lange, bis sich die kleine, ziemlich verstörte Katze beruhigt hat.

Mäusenacht

Ich sitze in der Küche am Frühstückstisch, löffle meinen Erdbeerjoghurt und lese die Tageszeitung. Während die dicke Tini immer noch genüsslich ihre Morgenmilch schlabbert, streift die kleine grau getigerte Lizzy um meine Beine. Sie scheint mit etwas zu spielen, kullert es zwischen meinen Füßen hindurch und gedankenversunken spiele ich mit den Füßen mit. Plötzlich springt sie mit einem großen Satz unter dem Tisch hervor, und ich blicke immer noch gedankenversunken nach unten. Fast verschlucke ich mich am Joghurt, denn: Lieschens Spielzeug ist eine Maus! Eine große Maus!! Eine lebendige Maus!!!

Schwups, hat die Katze sie erwischt, hebt sie im Nackenfell hoch und präsentiert mir stolz ihre Beute.

»Ach Lieschen, doch nicht in der Küche! Raus mit euch in den Hof!«

Lizzy schaut mich empört an und lässt die Maus fallen. Die flitzt über den Küchenboden auf der Suche nach einem Versteck. Lizzy hinterher, ein kurzer Quietschlaut, und stolz trabt sie mit ihrer Beute Richtung Badezimmer.

»Nein, Lizzy!«

Ich greife nach dem Küchenhandtuch, um ihr die Maus abzunehmen, aber Lieschen denkt nicht daran, mir die Maus zu überlassen und lässt sie lieber wieder laufen. Dieses Mal findet das Tier ein Versteck. Es verschwindet nämlich hinter dem Heizkörper, der nur einen Spaltbreit von der Küchenwand entfernt angebracht ist. Keine Chance für die Katze mit der Pfote dahinterzulangen. Lieschen versucht es von mehreren Seiten, und ich hangele mit dem Kochlöffel dahinter. Kein Geraschel, nichts!

»Oh je«. Was ist, wenn die Maus doch lebensgefährlich verletzt war und nun hinter dem Heizkörper verrottet? Was wird mein Mann sagen, wenn ich ihn bitte, diesen von der Wand abzubauen?

Na ja, vorerst sitzt die Katze noch wartend davor.

Eine Stunde später sitzt sie immer noch davor, im Laufe des Vormittags verlässt sie zwar einige Male die Küche, entfernt sich jedoch nie für längere Zeit.

Der dicken Tini war das zu viel Unruhe. Sie hat sich lieber aus dem Staub gemacht, anstatt sich an der Mäusefangaktion zu beteiligen.

Als mein Mann heute zu uns zum Mittagessen kommt, sage ich ihm, dass er sich nicht wundern möge, falls es hinter dem Heizkörper rascheln sollte.

»Wieso?«

Ich lache: »Da sitzt eine Maus!«

»Was!!!«

Abends verhält sich Lizzy vollkommen unauffällig, und auch Tinchen sitzt wieder wartend vor ihrem Futternapf.

Entweder hat Lizzy im Laufe des Tages die Maus doch noch gefangen und nach draußen gebracht, oder sie ist an der Leiche hinter der Heizung nicht interessiert.

Warten wir's ab.

Ich habe einen sehr leichten Schlaf. Deshalb bin ich sofort wach, als Gina durch mein Zimmer tapst. Die Hunde schlafen nämlich bei mir im Schlafzimmer, natürlich auf einer eigenen Matratze. Eine Dogge im Bett wäre sogar mir zu viel.

Schlaftrunken denke ich, sie müsse vielleicht mal raus.

»Komm, Gina.«

Aber Gina denkt gar nicht daran das Zimmer zu verlassen, sondern tapst noch mal hier hin und dort hin, und lässt sich dann wieder auf ihre Matratze fallen. Ich schlafe wieder ein.

Klack, klack, das Geräusch welches die Krallen der Dogge auf dem Holzfußboden verursachen, weckt mich erneut.

»Gina, verflixt was soll das? Geh Platz!«, murmele ich ärgerlich. Gina geht nicht Platz, sondern ›tigert‹ durch mein Zimmer. Nun mache ich doch Licht, was den Hund veranlasst, zielstrebig von einer Wandseite zur anderen zu wechseln und schließlich auch noch den schweren Polstersessel beiseitezuschieben. Irgendetwas dämmert mir. »Kann doch gar nicht sein«, denke ich, stehe aber auf, lege mich zu der Dogge auf den Boden und spähe unter den Sessel. Da flitzt eine Maus hervor und unter mein Bett! Gina will hinterher – und mein Bett kracht gegen die Wand. Doggen passen nun mal nicht unter ein Bett!

Der mittlerweile schwerhörige Charly hebt verschlafen den Kopf, schnüffelt, rollt sich dann wieder ein.

Ich schicke Gina auf ihren Platz. Es stört mich zwar, den Rest der Nacht mit einer Maus im Zimmer verbringen zu müssen, bin aber ›hundemüde‹.

Gina dagegen kann sich mit diesem tierischen Zimmernachbarn nicht abfinden, und so startet die wilde Jagd erneut.

Auf dem Bettrand sitzend überlege ich, was ich denn nun unternehme. Diese Maus – es muss die von heute Morgen sein – ist noch beachtlich lebendig und vor allem schnell. Die erwische ich nicht. Die Dogge aber auch nicht. Wozu haben wir denn ›berufliche‹ Mäusefänger im Haus?

Ich gehe nach oben und greife mir Lizzy, die auf ihrem Lieblingsplatz dem Podest liegt, von wo aus sie das ganze Treppenhaus im Blick hat. Vor Überraschung vergisst sie, sich zu wehren. Kaum habe ich die Katze in meinem Zimmer auf den Boden gesetzt, verschwindet sie unter dem großen Bett. Dann raschelt es und sie wechselt von einer Seite zur anderen. So geht das eine ganze Weile – hin und her. Sie spielt mit ihr!

Ich aber bin wirklich müde! Schließlich lege ich mich vor das Bett und versuche Katze und Maus hervorzuscheuchen. Die Maus flitzt an mir vorbei und verschwindet unter meinem Schreibtisch. Lizzy hinter her. Es geht von einer Ecke in die andere.

Ich lege mich wieder ins Bett, mache das Licht aus und ziehe die Decke über den Kopf. Im Dunkeln ist die Katze im Vorteil – denke ich mir – und wird dem Leben dieser Maus endgültig ein Ende setzen.

Eine Weile ist wirklich Ruhe und ich tauche erleichtert in meine Träume ein. Da beginnt die Jagd schon wieder.

Es rumort unter meinem Bett, die Dogge springt von ihrem Schlaflager auf. Ich springe wütend aus dem Bett, laufe ins Wohnzimmer und hole die zweite Katze. Also: eine schnelle, geschickte Katze, eine behäbige aber motivierte Katze, eine aufgeregte Dogge, ein mittlerweile aufgewachter Yorkshireterrier und eine genervte Tierärztin mit einem Handtuch in der Hand – da dürfte eine erschöpfte Maus doch chancenlos sein!

Wie erwartet erwische ich sie mit dem Handtuch, als sie über mein Bücherregal flitzt.

Kurz erwäge ich, dass diese Maus sich das Recht erkämpft hat, zu leben. Daher gehe ich durch das eiskalte Treppenhaus, öffne die Tür zum Hof und schüttele die Maus aus dem Handtuch in den Hof.

Mittlerweile ist es schon halb sechs Uhr morgens.

Als ich um sieben Uhr in die Küche komme, ist Lieschen schon da. Gerade will ich ihren Futternapf auffüllen, da setzt sie sich vor mich hin und legt mir ein Geschenk vor die Füße.

»Nein, nicht schon wieder!«

Kurze Verzögerung, dann läuft die Maus in die Ecke, in der ein Kartoffelsack steht. Allerdings sind ihre Bewegungen längst nicht mehr so schnell wie in der Nacht und ich darum schneller. Ich erwische sie mit der bloßen Hand und hebe sie am Schwanz in die Höhe. Erschöpft lässt das Tierchen sich schlaff herunterbaumeln. Lizzy schaut mich erwartungsvoll an.

»Nein!«

Diesmal ziehe ich Schuhe an und gehe nach unten. Als Erstes schließe ich die nach draußen führende Katzenklappe, dann bringe ich die erschöpfte Maus nach draußen.

Leserbrief an die „Dithmarscher Landeszeitung"

Lieber Odje,

bekannterweise sind Hunde nicht nur für die Psyche und das seelische Wohlbefinden des Menschen gut, sondern sie können uns auch gesund und fit halten. Spaziergänge bei Wind und Wetter (Dithmarschen im Januar – brrr!) härten uns ab. Auch wenn es uns sehr viel Überwindung kostet, der Hund muss raus.

Nun versuche ich es ja zu verstehen, dass es alte und gebrechliche Menschen gibt oder Menschen mit gaaanz wenig Zeit – die mir allerdings auch oft fehlt – die ihren bewegungsfreudigen Lieblingen die nötige körperliche Betätigung dadurch gewähren, dass sie ihre Hunde hinter dem Auto herlaufen lassen – frei und in angemessener Geschwindigkeit versteht sich.

Aber als mir am heutigen Morgen vier Hundebesitzer mit ›Hund bei Auto‹ in der Morgendämmerung entgegen kamen, und Herrchen oder Frauchen weder alt noch gebrechlich zu sein schienen, da ›lief mir die Galle über‹.

Ach was, sollen die doch ruhig Übergewicht und Herzverfettung kriegen, was kümmert es mich.

Allerdings überlege ich, ob es nicht sinnvoll wäre, auch in der Feldmark Blinkanhänger zu tragen, damit freilaufende Herrchen und Frauchen mit ihren Hunden nicht unter die Räder kommen.

Fundtiere

Unser Haus liegt nicht nur an der ›Museeumsmeile‹ in Heide, sondern gleich gegenüber der Grundschule. Charly, der das Haus meist durch die Katzenklappe verlässt, sitzt zum Schulschluss gerne vor der Hoftür und lässt sich von den Kindern streicheln. Alle finden ihn sooo süß und der kleine Terrier genießt dies ausgiebig, vor allem, weil jetzt keine Gina da ist, die sonst immer von allen bewundert wird.

Es klopft an der Praxistür und einige Schulkinder teilen mir aufgeregt mit, draußen auf der Straße säße ein Tier unter meinem Auto, und mein Hund säße knurrend davor.

Da die Tür zum Hof geschlossen ist, konnte es sich bei dem Hund nur um Charly handeln, denn die Dogge passt bekannterweise nicht durch eine Katzenklappe. Ich komme mit nach draußen und sehe, wie der Yorkshireterrier vor meinem Wagen aufgeregt hin und her springt. Gemeinsam mit den Kindern lege ich mich auf den Bauch und spähe unter das Auto. Das Licht ist sehr schlecht. An den Bordstein gedrückt hockt eine große Ratte. Nein, es sieht nur aus wie eine Ratte, ist aber keine Ratte. Es ist viel zu groß. Eine Mutation? Eine Riesenratte?

Gerade noch kann ich den Yorkshireterrier an seinem Stummelschwanz erwischen und verhindern, dass er ebenfalls unter dem Auto verschwindet. Das seltsame Wesen ergreift die Flucht und huscht schnell unter das nächste Auto. Wir hinterher. Wieder bäuchlings vor dem Auto aufs Kopfsteinpflaster – eine Tierärztin, eine Tierarzthelferin und mittlerweile sechs Schulkinder. Ich frage mich ob das Tier verletzt ist und wie es überhaupt hier mitten in die Stadt gekommen ist? Ob es aus der Kanalisation entwichen ist? Soll ich es wirklich einfangen? Warum eigentlich? Wahrscheinlich beißt es auch noch.

Ich beschließe einen Käfig zu holen und mich mit dicken Lederhandschuhen zu bewaffnen. In der Praxis warten allerdings einige Patienten, deren Behandlung Vorrang hat.

Da klopft es wieder. Eine Lehrerin mit zwei Schülerinnen im Gefolge trägt einen großen Karton herein. Es sind zwei ineinander gestülpte Kartons. Vorsichtig hebe ich den oberen Teil hoch und betrachte nun bei hellem Licht das ängstlich in die Ecke gedrückte Tier. Es sieht aus wie eine riesige Ratte mit einem ganz dichten Fell in einem warmen Braunton und einem Schwanz, der in seiner Form und Breite an einen Biber erinnert. Das ist eine Bisamratte!

Wie untersucht man eine Bisamratte? Wie betäubt man eine Bisamratte?

Ich verspreche den Kindern dem Tier zu helfen, verschiebe aber die Lösung des Problems auf das Ende der Sprechstunde. Zwischenzeitlich geht es mir durch den Kopf: Aus dem Fell der Bisamratte macht man wunderbar weiche Pelzmäntel.

Schande über mich! Ich bin doch ein Pelzmantelgegner!

Mein zweiter Gedanke ist auch nicht viel netter: bis vor Kurzem gab es sogar eine Prämie für jede getötete Bisamratte! Es sind Schädlinge, sie unterhöhlen die Deiche.

Mein dritter Gedanke ist mir dann der Liebste und entstammt meinem Tierärztinnenherz: ich werde doch ein Tier das ich eigentlich retten will nicht umbringen! – Aber was nun?

Meine Helferin und ich gehen in das zweite Wartezimmer, in das wir den Karton gestellt haben.

Innen rumort und scharrt es. Offensichtlich hat das Tier seine Schreckphase überwunden. Ich lüfte den Deckel ein wenig. Ein paar wache Augen funkeln mich wütend an. Blitzschnell schlage ich den Deckel wieder zu.

Hm – Bedenkpause.

Am besten ich erkundige mich bei Fachleuten, was ich mit dem Tier anfangen soll.

Der erste Jäger ärgert sich, dass ich ihn mit so etwas belästige, und rät mir dieses Vieh einzuschläfern.

Der Zweite meint, ich könne es bringen, er würde es erschießen. Aber ich hätte doch zwei Hunde, die könnten das Problem schon lösen.

Da fasse ich einen ganz anderen Beschluss. Mit meiner Helferin packe ich den Karton ins Auto und wir fahren ins Moor. Scheint doch nicht krank zu sein die Bisamratte, glaube ich, weil sie während der ganzen Fahrt in ihrem Gefängnis randaliert. Vorsichtshalber legt sich meine Praxishilfe fest auf den Deckel.

Am Rande des Moores halten wir an, steigen aus und suchen uns eine günstige Stelle, an der wir das Tier in die Freiheit entlassen können. Vorsichtig öffne ich den Karton. Einen Moment herrscht Ruhe. Dann huscht die Bisamratte ins Freie und verschwindet raschelnd im Laub der Uferböschung.

Erleichtert fahren wir nach Hause. Insgeheim beschließe ich, den Jägern nichts über unsere naturnahe Lösung des Problems mitzuteilen.

NACHSPANN

›Fundtiere‹ hatten wir im Laufe der Jahre diverse. Von meinen beiden Katzen ›Odin‹ und ›Lieschen‹ die in der Familie geblieben sind, will ich gar nicht reden.

Manchmal frage ich mich, wie die nur zu mir gefunden haben. Ich denke da an den einäugigen Iltis, den ich auf meiner Hofeinfahrt mit einem großen Blumentopf eingefangen habe. Seither weiß ich, woher der Ausspruch stammt ›stinkt wie Iltis‹! Wie ist der bloß mitten in die Stadt gekommen?

Dann war da noch dieser eigenartige Vogel, den meine Jungs hinten im Garten einfingen. Er hatte eine Schussverletzung am Flügel. Ich konnte ihn nicht einordnen, hielt ihn aber für einen Wasser- oder Brachvogel. So musste ich es hinnehmen, dass meine Vogelkenntnisse belächelt wurden.

Die Vogelschützer, die ihn bei mir abholten, identifizierten ihn als eine bei uns sehr seltene Sumpfschnepfe, und so etwas finde ich bei mir im Garten! Die Tiere hatten wohl eine Vorahnung vom Standort meiner Praxis.

Sehr nass ging es bei uns her, als meine Jungs einen fast hühnergroßen Vogel auf der Straße einsammelten. Da war ich mir ganz sicher, dass es sich um einen Seevogel handelte. Deshalb verfrachteten wir ihn als Erstes in unsere Badewanne, natürlich mit Wasser drin. Offensichtlich fühlte er sich in der Wanne recht wohl, denn er schwamm und tauchte und spritzte das Wasser derart umher, dass das Badezimmer reichlich unter Wasser stand. Laut Vogelbestimmungsbuch handelte es sich um eine Trottellumme, die sonst nur auf der Insel Helgoland zu Hause ist.

Wir konnten es uns nur so erklären, dass der Sturm, der zwei Tage lang über die Nordsee hinweggefegt war, diesen recht schwerfälligen Vogel bis nach Heide getragen hatte.

Daher beschlossen wir ihn zum Eidersperrwerk zu bringen und dort in die Freiheit zu entlassen.

Weil das aber erst am darauf folgenden Tag möglich war, mussten wir der Trottellumme natürlich etwas zum Fressen besorgen. Roher Fisch war wohl das Richtige. Den schnitt ich in kleine Stücke, und dann begann die Fütterungsschau. Der Vogel versuchte anfangs von uns Menschen so weit wie möglich Abstand zu halten. Ich ließ also das Fischstückchen an der Kopfseite der Badewanne ins Wasser fallen. Er vergaß seine Angst, pflügte durchs Wasser und schnappte sich den Fisch. Das Wasser spritzte in hohem Bogen aus der Wanne, und wir wurden alle pitschnass. Meine Söhne waren so begeistert von der Darbietung, dass sie die Fütterung alleine weiterführen wollten, und so verschwand Fischstückchen auf Fischstückchen im Schnabel des Tieres.

Wer frisst, muss allerdings auch Verdautes wieder von sich geben. Das landete natürlich in der Badewanne und teilweise auch auf dem Badezimmerboden. Wie mein Badezimmer danach aussah, kann man sich ja denken.

Eigentlich war ich recht erleichtert, als wir den Vogel am darauffolgenden Tag am Strand in die Luft warfen und er in Richtung des offenen Meeres davonflog.

Noch eine Praxisgeschichte: Die Amsel

Das Telefon klingelt: «Polizeistation H., spreche ich mit der Tierärztin?« »Ja.«

»Hätten sie Zeit, eine Amsel zu behandeln?«, fragt eine männliche Stimme etwas zögerlich. Meine Antwort ist ebenfalls etwas zögerlich: »Um was handelt es sich denn?« Der Polizeibeamte erklärt, sie hätten eine Amsel retten müssen, die in Friteusenfett gefallen sei. Amseln, denke ich, davon gibt es mehr als genug. Mir fiel nichts anderes ein, als zu fragen: »Heißes oder Kaltes?« »Natürlich in kaltes«, antwortet der Polizist, und außerdem sei sie nicht in der Friteuse sondern im Behälter mit dem zu entsorgenden Fett gelandet, den man nach draußen gestellt hätte.

Kurze Zeit später klingelt es an der Tür. Ein Polizeibeamter, gefolgt von einer jungen Kollegin, trägt einen flachen Pappkarton herein, über dem ein Handtuch ausgebreitet ist. Aus einer durchgeweichten Ecke tropft Öl. Nachdem er den Karton auf den Behandlungstisch gestellt hat, lüfte ich vorsichtig das Tuch. Ach, du meine Güte! Es ist ein jämmerlicher Anblick: Der Pappkarton ist mit dickem Zeitungspapier ausgelegt, und mitten in einer Fettlache sitzt eine öltriefende, schwarze Amsel. Die Federn sind zusammengeklebt und an den Körper ›geklatscht‹, die Augen aber blicken wach. ›Atmung ist auch in Ordnung‹ denke ich. Natürlich möchten die beiden Lebensretter wissen, was ich zu tun gedenke, und da fällt mir spontan ein: Pril entspannt das Wasser, Pril entfettet!

Ich erkläre, dass wir die Amsel mit Geschirrspülmittel waschen, und falls alles gut geht – wofür ich aber nicht garantieren könne – sie wieder in die Natur entlassen würden. Auf jeden Fall würden wir es versuchen.

Ich bitte meine Helferin, Geschirrspülmittel aus der Küche zu holen. Offensichtlich hat meine Haushälterin die Marke gewechselt, denn sie kommt mit einer grünen Flasche ›Palmolive original – für gepflegte Hände‹ zurück.

Auch gut, nehmen wir eben dies.

Als ich den Vogel greifen will, glitscht er mir aus der Hand, und ich kann gerade noch verhindern, dass er über den Kartonrand rutscht. Er wehrt sich. Man kann ihn gar nicht richtig festhalten. Endlich schaffe ich es, den Vogel über das Wasserbecken zu halten, benetze das Gefieder mit warmem Wasser – soweit es sich benetzen lässt – und reibe ihn mit der hellgrünen Flüssigkeit ein. Dann spüle ich das Ganze wieder aus. Der Effekt ist ziemlich mager: Das Gefieder ist noch immer fettig, wenn auch nicht mehr so triefend. Also ist eine zweite Waschung fällig. Ich spanne die Flügel und seife alle langen Federn sowie die Brust, den Hals und den Rücken, gründlich ein. Meine Helferin muss den Kopf halten, damit die Amsel kein Seifenwasser verschluckt. Wir geben uns redliche Mühe!

Es ist nicht nur, dass mir der Vogel aus der Hand zu rutschen droht, sondern er schreit und krächzt auch noch in einem fort. ›Ein gutes Zeichen‹, denke ich, dann lebt er noch. Es folgt eine zweite Warmwasserspülung. Na, das sieht doch schon besser aus. Wir lassen den Vogel eine kurze Verschnaufpause einlegen, indem ich ihn erst einmal in ein trockenes Handtuch einwickle. Sein Geschrei verstummt.

Auf ein Drittes. Wieder wird Palmolive Geschirrspülmittel ins Gefieder eingerieben, und siehe da – es schäumt sogar ein wenig. Der Vogel schimpft noch lauter, was mich jedoch keinesfalls aus der Ruhe bringt, sehe ich doch den ersten Erfolg: Das Mittel entfettet richtig gut! Vorsichtig rubbele ich ihn trocken. Ein paar Federn muss er dabei allerdings lassen und die fliegen zur Freude aller, recht leicht durch die Luft. Als ich die Amsel aus dem Handtuch auspacke, bemerke ich, dass sie gar nicht richtig schwarz ist. Es handelt sich also um einen noch nicht ausgefärbten Jungvogel.

Eine vierte und abschließende Waschung muss sein, und diesmal schäumt die Seifenlösung tatsächlich. Erleichtert trocknen wir den erschöpften Vogel erneut ab, träufeln zum Schutz Augentropfen in den Bindehautsack und Kaopromt, zur Resorption eventuell vorhandener Ölreste im Verdauungstrakt, in den Schnabel ein.

Nach zwei Stunden sitzt der Vogel trocken und ausgesprochen munter im Käfig. Ich freue mich! In Nachbars Garten steht ein großer alter Kirschbaum. Der wäre ein guter Startplatz. Dort werfe ich den Vogel vorsichtig in die Luft, und ganz selbstverständlich fliegt er in die dichten Zweige des Baumes. Zufrieden begebe ich mich zur Praxis zurück.

Kurze Zeit später vernehme ich durch das geöffnete Fenster des Behandlungsraums den Gesang einer Amsel. In der Mittagszeit ist das eher ungewöhnlich. Es könnte ›meine‹ Amsel sein. Die einfachste Erklärung wäre, dass sie Kontakt zu anderen Amseln herstellen will, und das Terrain erkundet. Vielleicht ist sie aber ganz einfach nur froh in Freiheit zu sein. Und vielleicht gibt es noch eine dritte Erklärung: Diese Amsel singt nur für mich?

Diese Geschichte erfreute die ›Colgate Marketing Gesellschaft‹ und brachte mir ein Geschenkpaket voller Geschirrspülmittel, Badeshampoos und diverser Pflegeprodukte ein.

Ausstellungsmuffel

Die junge Dogge wächst und wächst. Aus einem tapsigen Welpen wird eine elegante Junghündin mit samtweichem, hellgelbem Fell. Mit schöner, schwarzer Maske und schönen, geschlossenen, dunklen Augen. Bei ihr verläuft das Wachstum viel harmonischer als bei meinen anderen Deutschen Doggen. Ihre Statur spiegelt immer eine geschlossene Einheit wieder. Alles passt zueinander: ein etwas schmaler, aber gut belefzter Kopf, wohlgeformte samtweiche Schlappohren, eine anmutige Nackenlinie, ein recht langer, schlanker Körper und ein ausgreifendes harmonisches Gangwerk – eine ausgesprochen elegante Erscheinung. Zu elegant? Zu wenig Substanz für eine Deutsche Dogge? Würden die Zuchtrichter sie so beurteilen?

Eigentlich wollte ich nicht mehr auf Hundeausstellungen gehen. Darauf lege ich ja gar keinen Wert. Dieses Theater muß ich mir nicht mehr antun.

Aber interessant wäre es doch, mal so zu hören, was die anderen von meiner ›Süßen‹ halten. Ich könnte sie ja in der Jugendklasse anmelden, nur mal so, ohne ehrgeizige Ambitionen.

Keine Ausstellung ohne ›Ringtraining‹, aber wo sollen wir das denn üben? In unserer Nähe gibt es keine Ortsgruppe für Deutsche Doggen, Hamburg ist mir zu weit und unser hiesiger Hundeverein hat die Aufforderung ›Steh!‹ noch gar nicht in seinem Programm.

Also bleibt uns beiden nichts anderes übrig, als allein zu üben, am besten auf dem ADAC-Platz. Ich stecke mir in Gedanken einen quadratischen Ausstellungsring ab und laufe mit Gina an der langen dünnen Vorführleine los.

Mal läuft die Hündin voraus, mal bleibt sie hinter mir, gleichmäßig an der Seite zu laufen, ist für sie nicht so einfach.

›Was soll das Ganze eigentlich, wieso muss ich an die Leine, wenn kein Mensch oder Hund in der Nähe zu sehen ist?‹, schaut mich Gina fragend an. Aber für Leckerli, die es dafür gibt, kann man ja auch unverständliche Dinge tun.

Wir üben regelmäßig und bald klappt auch das ungewohnte, aber für die Präsentation wichtige ›Steh‹. Gelassen und trotzdem unter harmonischer Spannung stehend zeigt meine ›Kleine‹ ihre körperlichen Vorzüge.

Aber klappt das auch auf einem unbekannten Ausstellungsgelände in der Gegenwart vieler fremder Hunde, von denen bestimmt einige sie an Körpergröße überragen? Schließlich ist Gina hier in ihrem Umfeld die einzige Deutsche Dogge.

Wir starten einen ›Probelauf‹ auf dem Platz des nächstliegenden Doggenvereins. Gina schaut erst zurückhaltend und vorsichtig diese fremden großen Hunde an, taut aber bald auf und spielt sogar mit einigen ihr freundlich entgegenkommenden Junghunden. Das scheint also kein Problem zu sein.

Sonntagmorgen. Der Diesel surrt gleichmäßig und beruhigend. Wir sind schon ganz früh um sechs Uhr aufgestanden und fahren Richtung Niedersachsen. Es wird Ginas erste Ausstellung sein. Allerdings müssen wir auch den Yorkshireterrier mitnehmen. Die Sonne lacht vom Himmel; es wird ein schöner Tag werden.

Die Autobahn liegt hinter uns und auf der Landstraße ist kaum Verkehr. Ob wir richtig abgefahren sind? So ein bischen nervös werde ich doch. Vor uns taucht ein Kombi auf, in dem eindeutig eine Dogge zu erkennen ist. Also sind wir auf dem richtigen Weg. Da kommt auch schon das erste Hinweisschild.

Als ich langsam auf das Ausstellungsgelände einbiege, kommen uns schon die ersten Doggenbesitzer entgegen, die ihre Tiere noch ein wenig bewegen wollen. Beeindruckende schwarzweiß gefleckte Rüden, die vorbildlich bei Fuß gehen, lebhafte blaue Hündinnen, die aufmerksam das unbekannte Terrain erkunden, goldgelbe Welpen die spielerisch an der ungewohnten Leine ziehend jeder in eine andere Richtung strebend und eine erhabene, lackschwarze Hündin.

Gina hat sich aufgesetzt und schaut aufmerksam und aufgeregt nach draußen. Charly hat es die Stimme verschlagen. Bei der Übermacht an großen Hunden verhält sich ein kluger Hund lieber ruhig.

Am Einlass nehme ich unsere Ausstellungspapiere entgegen und begebe mich auf die Suche nach einem geeigneten Parkplatz. Gott sei Dank sind wir noch recht früh. Ich schaue nach dem Stand der Sonne und parke unter einem Kirschbaum, dessen dichte Zweige voller reifer Kirschen hängen und der uns in der Mittagszeit genügend Schatten spenden wird. Um eventuelle Streitereien mit anderen Hunden zu vermeiden, halte ich genügend Abstand zum benachbarten Auto.

Gina und Charly springen aufgeregt aus dem Wagen, doch der große gelbe Rüde, der gleich neben dem Nachbarauto gelassen auf seiner Decke liegt, schaut lediglich aufmerksam auf.

Ich leine die Hunde an und wir begeben uns auf einen Erkundungsgang. Doggen aller Farbschläge und jeden Alters tummeln sich auf dem Platz, erstaunlich friedlich und diszipliniert, was ›Outsidern‹ wohl bemerkenswert scheint, bei dieser Rasse aber zu erwarten ist. Charly halte ich nahe bei mir, denn ich kann nicht garantieren, dass meine kleine ›Ratte‹ von den Riesen tatsächlich für einen Hund gehalten wird.

Es sind zwei Vorstellungsringe abgesteckt, da Rüden und Hündinnen getrennt bewertet werden. Lautsprecher schallen testweise und ein Hundebesitzer vollführt mit seinem Liebling einen Probelauf. Kurz erwäge ich es ihm gleich zu tun. Ach Quatsch, so wichtig ist die Vorstellung heute auch nicht. Gina ist offensichtlich nicht eingeschüchtert von so vielen großen Hunden, sie knüpft Kontakte und wedelt fröhlich.

Bekannte treffe ich leider nicht, ich war schon zu lange auf keiner Ausstellung mehr.

Da sind die Züchter, für die die Vorstellung ihrer Hunde von enormer Wichtigkeit ist. Ihre Erwartungshaltung ist sehr groß. Natürlich wird nur die gelungenste Nachzucht vorgestellt, mit der vorher schon intensiv und professionell geübt wurde.

Die prämierten Zuchtrüden sollen potenziellen Interessenten präsentiert werden. Andere Rüden- oder Hündinnenbesitzer hoffen dagegen auf ein Championat.

Dann sind da noch die Doggenbesitzer, die stolz auf ihre schönen Hunde sind, sie einfach nur zeigen und mit den Profis ein bischen fachsimpeln wollen. Alle Gesellschaftsschichten sind vertreten. Aber im Vordergrund steht immer der Hunde, wie ein kostbares Gut. Dieses gemeinsame ›Feeling‹ ist während der ganzen Ausstellung zu spüren.

Manche Hunde tragen so exquisite Halsbänder, dass die Frage aufkommt, wer hier eigentlich prämiert werden soll: das Halsband oder der Hund?

Ginas ›Menschenmutti‹ ist auch da und freut sich sehr die Kleine wiederzusehen. Gina erkennt sie sofort wieder, reagiert auf ihren ›Welpenlockruf‹ und lässt sich ausgiebig knuddeln.

Kritisch betrachte ich Gina und ihre Schwester, die ebenfalls ausgestellt werden wird. Sie stellen zwei vollkommen unterschiedliche Typen dar.

Auf der einen Seite die leichte, elegant wirkende Gina, als Kontrast dazu Minogue, die kompakte und substanzvolle Schwester.

Das Richten beginnt: Zuerst die Püppiklasse, gefolgt von der Jungendklasse, getrennt nach gestromt, gefleckt und den Farben Gelb, Blau, Schwarz. Die Hunde werden in der Bewegung und im Stand präsentiert. Am Rande des Ringes vollführen die Hundebesitzer die unterschiedlichsten Anstrengungen, um bei ihren Lieblingen die gewünschte, aufmerksame und stolze Körperhaltung zu erreichen. Da wird gerufen, geflötet und gepfiffen. So mancher Doggenbesitzer springt mit allen Vieren in die Höhe oder wedelt mit dem Lieblingsstofftier seines Hundes, einer zieht sogar ein lebendiges Kaninchen aus einer Tonne.

Oh je, was mache ich nur, ich bin doch ohne Begleitung hier und außerdem lässt sich meine Gina schon gar nicht von Unbekannten im Ring vorstellen. Mein Mann mag dieses ›Casting‹ für Hunde nicht. Na ja, wir werden sehen.

Jugendklasse Gelb: Acht Hündinnen sind gemeldet, davon fünf aus Dänemark. Etwas neidvoll betrachte ich diese wunderschöne, dunkelgoldgelbe Farbe der dänischen Hündinnen, vergleiche sie mit dem hellen Gelb von Gina, das an Brust und Beinen fast weiß erscheint. Aber ich tröste mich mit dem Gedanken, dass meine ›Kleine‹ nach dem ersten Fellwechsel bestimmt die Farbe erreicht, die eine gelbe Deutsche Dogge haben soll: nämlich ein sattes Goldgelb.

Ich hefte mir unsere Startnummer an, lege Gina die dünne Vorführleine um und begebe mich mit den anderen Startern in den Vorführring. Meine Hände werden feucht. Gina drückt sich unsicher und verschüchtert an mich. Zur Auflockerung gehen alle Starter nacheinander in gebührendem Abstand durchs Karree. Dann folgt die Vorstellung der einzelnen Hündinnen. Nun bin ich doch tatsächlich so aufgeregt, dass ich ständig Ginas Kopf streichle und ihr aufmunternd zuflüster, mit dem Erfolg, dass die arme ›Kleine‹ auch ganz nervös wird.

Endlich sind wir an der Reihe. Vortreten, erste prüfende Blicke, Zähne zeigen. Das haben wir geübt, aber Gina wendet permanent den Kopf weg, will sich von mir nicht die Lefzen anheben lassen und schon gar nicht von fremden Männern ins Maul schauen lassen. Mit Anstrengung klappt es dann doch noch.

»Stellen sie die Hündin einmal hin«

»Gina steh!« Gina steht auf, setzt sich aber gleich wieder. »Gina steh!« Endlich steht sie: mit eingeknickten Hinterbeinen, aufgezogenem Rücken und eingeklemmter Rute. Den Kopf senkt sie nach unten, die langen samtweichen Ohren hängen traurig in dieselbe Richtung. Keine Spur mehr von der stolzen aufmerksamen Haltung. Plötzlich ertönt außerhalb des Ringes Ginas ›Welpenlockruf‹. Jetzt hebt sie den Kopf, streckt sich und stellt sich gerade hin. Erleichtert denke ich: ›geht doch‹. Der Richter beschreibt über Mikrophon die körperlichen Vor- und Nachteile dieser Junghündin, ich aber bekomme nur Bruchstücke mit. Dann aber fasst er tatsächlich die Rute meiner Kleinen um zu prüfen ob deren Länge korrekt ist. Und das ist nun wirklich zu viel für Ginas zartes Gemüt.

»Zeigen sie die Hündin bitte in der Bewegung.«

Ich laufe los, aber Gina an der lockeren Vorführleine denkt nicht daran! Ich ziehe sie hinter mir her. »Gina komm, meine kleine Süße!« Gina springt um mich herum und läuft schließlich voraus. Ich rutsche in meinen Sandalen hin und her. Schweißperlen stehen auf meiner Stirn. Wir brauchen drei Runden, um einen harmonischen Bewegungsablauf vorzuzeigen.

Als wir den Ring verlassen – ich als untrainierte Hundeführerin ziemlich außer Atem – hebt Gina ganz unbefangen den Kopf in die Höhe, zeigt ein freies Gangwerk und wedelt freundlich mit dem Schwanz. Kurz gesagt, sie benimmt sich vollkommen normal.

Das Richterurteil ist nur ein ›Gut‹: wegen des fehlenden Ringtrainings! Macht nichts, sage ich mir, war das erste Mal. Aber ein bisschen enttäuscht bin ich doch.

Wir nehmen noch an zwei weiteren Ausstellungen teil. Beide Male dasselbe Fiasko, beide Male nur ein ›Gut‹. Von wegen: fehlendes Ringtraining! Diese Hündin hat einfach nicht die geringste Lust auf ›Ausstellungstheater‹. Mein Mann hat vollstes Verständnis für ihr Verhalten. Für ihn ist ihr guter Charakter das Ausschlaggebende.

Ich aber will es noch ein letztes Mal versuchen. Dieses Mal kommt sie mir an die kurze Leine, sodass sie nicht um mich herumspringen kann. Und dieses Mal muß sie auf mich achten und nicht umgekehrt.

Dafür bekommt sie dieses Mal auch ihr ›Sehr gut‹!

Ein roter Teppich für die Doggendame

Für Jeannette

Nun wollte ich es ganz richtig machen. Nie wieder mitleidige, vorwurfsvolle Blicke, wenn die Dogge sich erst nach dreimaliger Aufforderung bequemt dem ›Befehl‹ Folge zu leisten. Nie mehr schweißgebadet durch die Gehstraße gehen, wenn der Riesenhund sich vor unbekannten Geräuschen erschreckt. Kein Stress mehr bei Begegnungen mit anderen großen Hunden und schon gar nicht mit kleinen ›Hackenbeißern‹, die panikartig auf den Arm genommen werden, wenn man uns erblickt.

Deshalb besuchten wir eine Welpenspielgruppe. In der nach Aussage einiger Mitglieder auch Welpen großer Rassen vertreten sein sollten. Die waren tatsächlich nicht viel kleiner als Gina, aber natürlich auch schon um einiges älter und erfahrener als meine ›Kleine‹. Gina brauchte eine längere Aufwärmzeit um unbeschwert mitzuspielen. Sie hielt sich immer etwas abseits vom Getümmel.

Auf dem ›Hundeplatz‹ begannen wir dann ganz locker mit der Ausbildung. Ein wenig fehlte uns beiden aber der ›Biss‹. Einerseits war die sensible Gina schon vom Wesen her sehr folgsam, andererseits stand für uns der soziale Kontakt im Vordergrund.

So hat Gina schon ganz früh gelernt, ungezwungen durch Menschenmengen zu gehen und sogar Bahn- und Busfahrten problemlos zu bewältigen. Bei letzterer lag sie heimlich und lang ausgestreckt auf der Rückbank – natürlich auf meinem Anorak – denn sie passte schon da nicht mehr zwischen die Sitze und im Gang hätte niemand mehr an ihr vorbeigekonnt.

Ja, und eines Tages hieß es dann, es gäbe eine Prüfungsgruppe mit dem Ziel die Begleithundeprüfung abzulegen. Sollten wir da vielleicht mitmachen? Schaden könnte es ja nicht. Na dann müssen wir beide die Sache aber etwas ernster angehen!

Ein Foto brauchten wir auch, für den ›Hundeausweis‹. Die Welpenbilder waren dafür nicht geeignet.

Also bewaffne ich mich mit dem Fotoapparat, um während des Morgenspazierganges ein paar Aufnahmen zu machen, denn morgens ist das Licht am angenehmsten.

Gina springt aus dem Auto, hält die Nase in den Wind und sprintet los. Charly der Yorkshireterrier flitzt hinterher, so schnell, wie seine kurzen Beine können. Die Dogge springt mit einem Satz auf den Wall, bleibt hoch aufgerichtet stehen und überblickt den See, der sich in der ehemaligen Kieskuhle erstreckt und dessen Wasser in der fahlen Morgensonne silbern schimmert.

Sie steht da wie eine sandfarbene Statue, in Stein gemeißelt, jeder Muskel angespannt. Ich zücke den Fotoapparat, gehe in die Knie und – Gina ist vom Wall verschwunden.

Sie galoppiert auf den See zu, streift einige Male durch das nasse, hohe Gras, springt dann mit einem Riesensatz über den Wall und setzt unsere Morgenrunde auf dem Feldweg fort. Da raschelt es im Gebüsch. Gina erstarrt. Ich hebe den Fotoapparat – weg ist sie, im dichten Gebüsch verschwunden. Das Spiel wiederholt sich mehrere Male. Nur nicht ungeduldig werden.

»Gina halt, und steh!«

Gina bleibt reglos stehen, ich drücke auf den Auslöser. Die Dogge wendet ruckartig den Kopf, um einem Geräusch im Wald hinter ihr zu lauschen. Wieder nichts! Genervt gehe ich weiter.

Wir gelangen zu unserer Lieblingswiese. Rechts vom Trampelpfad liegt ein ganz düsteres Kiefernwäldchen. Links aber erstreckt sich eine dichte, moosige Grasfläche, über die sich das Licht der Morgensonne ausbreitet und den Tau an den Halmen silbern glitzern lässt. Unzählige Kaninchen tummeln sich dort. Gina schießt blitzschnell um die Ecke, verharrt sekundenlang – da ist es, das Bild das ich mir erträumt habe: eine Deutsche Dogge in vollendeter Schönheit! Schnell drücke ich mehrere Male auf den Auslöser.

Gina jagt hinter den Kaninchen her und Charly will in einem Karnickelbau verschwinden. Geistesgegenwärtig greife ich zu und ziehe ihn an seinem Stummelschwanz wieder heraus, denn ich habe keine Lust ihn nachher ausgraben zu müssen.

Am Nachmittag versuche ich noch ein paar Portraitaufnahmen von der auf dem Sofa liegenden Gina zu machen.

Einige Tage später hole ich die entwickelten Fotos ab. Einige sind verwackelt, auf anderen wendet die Dogge den Kopf ab und manche sind zu weit weg. Aber da ist es: mein Traumfoto!

Die Dogge steht vollendet, jede Faser ihres Körpers in harmonischer Spannung. Die Morgensonne zaubert ein goldenes Licht in ihr hellgelbes Fell und betont den eleganten Schwung der Nackenlinie. Dabei lustig anzuschauen sind ihre über dem Kopf zusammengeschlagenen Hängeohren. – Meine liebe Gina, ich liebe deine langen, samtweichen Ohren! – Wenigstens war von den Portraitfotos eines brauchbar.

Nur noch wenige Tage bis zur Prüfung. Eigentlich klappt alles ganz gut bis auf ›Freifolgen bei Fuß‹. Gina sieht nämlich nicht ein, warum sie bei Fuß gehen soll, wenn ich sie von der Leine losmache. Schließlich ist dies sonst die Aufforderung sich frei zu bewegen und los zu laufen. Vorerst können Gina die versteckten Hundeleckerlis in meiner linken Hand noch dazu verleiten mir an meiner linken Seite zu folgen. Aber dann sind auch die Hundeleckerlis nicht mehr Anreiz genug. Was mag Gina wohl am liebsten? Ich probiere verschiedene Käsesorten aus, zögere zwischen deutschem Tilsiter und dänischem Esrom und entscheide mich wegen des intensiveren Geruches für den Letzteren. Na, klappt doch ganz gut.

Samstagmorgen. Prüfung in Stadt und Verkehr klappt hervorragend.

Sonntagmorgen. Ich schaue aus dem Fenster – oh, bitte nein! Es regnet, es regnet ›Bindfäden‹ und es sieht nicht so aus, als würde es wieder aufhören. Ich kenne keine Deutsche Dogge, die Regen mag und ich kenne eine Deutsche Dogge, die bei Regen noch nicht einmal das Auto verlässt. Wir brauchen zur Begleithundeprüfung gar nicht anzutreten. Aber denken die anderen dann nicht, ich würde kneifen? Wir könnten zumindest mal hinfahren.

Die Stimmung auf dem Hundeplatz ist ziemlich verhalten. Man tröstet mich: Vielleicht hört es ja doch auf zu regnen. Aber es regnet weiter und weiter in einem fort. Jetzt habe ich drei Handicaps: ›Freifolgen bei Fuß‹ und ›Sitz‹ und ›Platz‹ im nassen Gras. Eine Zumutung für meine ›Prinzessin auf der Erbse‹. Igitt, igitt, ein nasser Bauch!

Eine Mitstreiterin hat eine hervorragende Idee. Sie hat eine wasserundurchlässige Decke, die wir doch an der Stelle hinlegen können an der Gina normalerweise ›Platz‹ machen soll. Die Prüfer erklären sich einverstanden.

Ich zerkrümele die Käsestückchen zwischen den Fingern und los gehts. ›Freifolgen bei Fuß‹ ist überhaupt kein Problem. Es ist nicht der köstliche Käse, sondern der Regenschatten der Gina förmlich an mir kleben lässt. ›Sitz‹ klappt erst nach mehrmaliger Aufforderung, aber das kann man am Prüfungstisch durch das Rauschen des Regens nicht hören. Als wir an die ›Platz‹-Stelle kommen, ist die dort ausgebreitete Wolldecke leider ebenso so nass wie das Gras. Die Dogge weigert sich, sich darauf zu legen. Gina, bitte, mach mir keine Schande! Gina, Platz! Gina berührt mit ihrem nackten Bauch nur kurz die nasse Decke.

Gina! Sie blickt unglücklich zu mir auf. Gina! Na gut, Gina lässt sich nieder, wühlt die Wolldecke unter ihrem Körper zurecht als wolle sie sich ihr Nachtlager bereiten – und macht ›Platz‹!

Wir haben die Begleithundeprüfung bestanden, dank der verständnisvollen Prüfer, die nicht nur die Leistung in diesen wenigen Prüfungsminuten, sondern auch die Gesamtleistung der Ausbildungszeit bewertet haben.

Danke.

Liebe Roca,

Schnell ein paar Zeilen und das Neueste von ›Moffo‹. Meine Helferin hatte Joey, ihren Bordercollie Mischling, zum Impfen mitgebracht. Als sie gerade gehen wollte, bekamen wir noch einen Notfall und sperrten Gina und Joey in den Hof. Dieser Joey ist einer der wenigen Hunde die Gina ganz doll leiden mag. Als wir die beiden wieder hereinholen wollten, waren sie verschwunden. Das Tor zur Straße war Gott sei Dank geschlossen. Lautes gemeinsames Rufen: »Gina! Joey!«

Da erschien als Erstes Joyes Kopf dann Ginas Nase unter dem Wacholderbusch – kann auch eine andere Pflanze sein, auf jeden Fall ist es so ein Friedhofsgewächs – schließlich sprangen beide voller Erde aus Ginas Gartenkrater. Er durfte ihr also bei der ›Gartenarbeit‹ behilflich sein.

So ein großes Buddelloch, in dem eine Deutsche Dogge und ein mittelgroßer Hund vollkommen verschwinden können, hatte Natalies Hund noch nie gesehen.

Ich überlege jetzt allerdings ob und vor allem wie ich dieses Riesenloch zuschaufeln kann, damit Gina nicht eines Tages darin begraben wird. Vielleicht stürzt es ja auch von selbst ein, oder was schlimmer wäre, die Nachbarn rutschen hinein, denn es reicht unter dem Zaun hindurch bis auf das Nachbargrundstück!

Gruß, deine Gabriele.

Stilleben mit Katzen

Die Frühlingssonne scheint durch das Fenster. Ich sitze an dem großen Esszimmertisch, über den eine dunkelblaue Tischdecke mit karminroten und goldgelben Ornamenten ausgebreitet ist. Die Sonnenstrahlen fangen sich in dem gelbrot geflammten Tulpenstrauß, von dem ein intensiver Duft ausströmt. Hier habe ich meine Malutensilien ausgebreitet, träume ein bisschen vor mich hin und zeichne weiter an den Skizzen meiner Katzen. Lizzie springt auf den Tisch, stiefelt ganz vorsichtig über meine Farbtuben und lässt sich neben der Leinwand nieder. Sie schnüffelt an den Tulpen, zieht eines der Ziergräser aus dem Strauch und legt es mir zum Spielen hin. Ich möchte lieber zeichnen. Meine kleine Katze aber setzt sich auf das begonnene Bild und beobachtet aufmerksam den sich bewegenden Bleistift. Der scheint noch interessanter, als der Grashalm zu sein. Ihre Pfote holt aus, langt nach dem Stift, hält ihn fest, schaut mich abwartend an und hangelt ihn mir dann aus der Hand. Ach Lieschen, muss ich lächeln und schiebe sie sanft von der Leinwand.

Gina lässt ihr dunkles Bellen ertönen, zwei, dreimal, so ganz tief aus der Brust. Sie steht auf ihrem Sofa auf den Hinterbeinen und blickt aus dem Fenster, wendet mir den Kopf zu, fordert mich auf zu ihr zu kommen. Lizzie hat sich erschreckt und ist mit dem Schwanz über das schon angerührte Rostrot gestreift. Die Spitzen der grauen Schwanzhaare schimmern rötlich.

Als sie merkt, dass es keinen Grund zur Aufregung gibt, macht sie es sich zwischen den Farbtuben bequem.

Charly ist ebenfalls auf das Sofa gesprungen und schaut jetzt von der Lehne aus durchs Fenster. Ich geselle mich zu ihnen. Die Dogge stupst mich mit ihrer kalten Nase an, blickt dann wieder hinaus. Dies ist wahrhaft der beste Aussichtsplatz. Sie kann die am Haus vorbeiführende Straße ziemlich weit überblicken, hat die gegenüberliegenden Häuser gut im Blickfeld und hat auch noch Einsicht in die abschüssige Querstraße. Hervorragend. Ich blicke ebenfalls hinaus, kann aber nichts Ungewöhnliches entdecken. Ist vielleicht auch schon vorbei. Gina legt ihren Kopf an meine Wange. Gemeinsam verharren wir.

Nun springt der Kater aufs Wohnzimmersofa, wandert die Lehne entlang und schaut ebenfalls aufmerksam aus dem Fenster. Auch er will sich doch nichts entgehen lassen.

Ich kuschele mich auf das Größere der beiden Sofas, welches Platz für uns alle bietet: für mich, die Dogge und die Katzen. Die dicke Tini aber breitet sich vollkommen entspannt und hingebungsvoll im Sessel aus.

Ich bin glücklich.

Menschenfreundlich

Doggen sind gutmütige, kinderliebe Hunde. Dafür sind sie bekannt. Dennoch hängt ihr Verhalten auch von der Aufzuchtphase und ihrer Umgebung ab.

Als wir dieses große Haus kauften und ich die Praxis eröffnete, wollten wir einen großen Hund, einen wachsamen und vor allem kinderfreundlichen Hund – und bitte kurzhaarig! Unsere erste Dogge ›Nico‹ war riesig und eine Seele von Hund. Unsere Söhne waren noch klein aber schon so weit, dass sie wussten, dass auch ein Hund Recht auf Rückzugs- und Ruhebereiche hat. Natürlich wurde Nico auch mal an der Rute oder an den Ohren gezogen, aber das nahm er gelassen hin oder er ging einfach weg. Die Jungs teilten ihre Brötchen mit ihm und manchmal auch das Bett.

Vor allem diese lange Rute hatte es Arne angetan. Damit konnte der Hund Rotweingläser vom Tisch fegen oder Weihnachtskugeln vom Baum hauen und keiner der Erwachsenen schimpfte wirklich.

Eines Tages sahen wir unseren jüngsten Sohn im Esszimmer auf dem Boden sitzen, seine große Tasse in den Patschhänden und seelenruhig mit dem Schwanz der Dogge seinen Kakao umrühren.

Ein anderes Mal erwischten wir ihn auf dem Boden sitzend, wie er die Rute des Hundes in die Steckdose stecken wollte. Auf unsere entsetzte Frage, was er denn da täte, antwortete er, er wolle sehen ob Nicos Augen glühen könnten. Ein Dank dem Erfinder der Kindersicherung!

Nico beschützte unsere Kinder war aber auch zu anderen kleinen Kindern freundlich. Da brauchten wir keinerlei Bedenken zu haben. Das änderte sich als wir eine zweite Dogge, die Hündin ›Eela‹ dazu bekamen. Die hütete das Haus und bewachte unsere Kinder fürsorglich. Ab jetzt waren ›Tobespiele‹ mit anderen Kindern absolut tabu.

Auf Nico folgte der Doggenrüde ›Caron‹ und der war ein richtiges ›Weichei‹ aber der Schönste unserer Hunde.

Natürlich waren die Jungs da schon größer und ihre Spiele rauer. Caron wusste, dass er den Kindern auch beim Toben nicht wehtun durfte – denn schrien die Kinder, kam ›Frauchen‹ wütend herbei geeilt. Diese Tatsache machte er sich allerdings auch selbst zunutze. Wurde ihm das Spiel zu wild, jaulte er! Er wusste genau, dass dann ›Frauchen‹ erschien und wissen wollte: »Was habt ihr mit dem Hund gemacht? Habt ihr ihn an den Ohren gezogen?« Das mochte Caron nämlich gar nicht. Stephan behauptete allerdings oft der Hund würde lügen.

Schließlich fand Caron seinen eigenen Weg solche unerwünschten Spiele zu beenden. Er setzte sich einfach auf das Kind! Das Gewicht einer siebzig Kilogramm schweren Deutschen Dogge bringt auch ein recht kräftiges Schulkind zur Vernunft.

Nun haben wir ›Gina‹ und unsere Jungs sind erwachsen. Sie hat gar keine Möglichkeiten mit kleinen Kindern in Kontakt zu kommen. Fremden gegenüber ist sie zurückhaltend. Babyweinen irritiert sie, wie Kinderlärm sie unsicher macht. Auf das Gekreische von Schulkindern reagiert sie aggressiv und Angst einflößend. Kein Wunder wohnen wir doch direkt neben einer Grundschule und so manches Mal ärgern die Kinder den Hund, wenn er hinter dem schmiedeeisernen Tor steht. Deshalb kann ich leider nicht behaupten, Gina wäre kinderfreundlich.

Unsere Freunde meinen, abgesehen von diesem unerfreulichen Verhalten wäre Gina ein wirklich sanftes, liebenswürdiges Schaf. Ich aber weiß, dass ich mich auf sie verlassen kann.

Bodyguard

Der Begriff Kleintierpraxis› hat eine große Spannweite. Einerseits stellt man sich unter ›Kleintier‹ so was wie Meerschweinchen oder Hamster vor, aber in Wirklichkeit besteht unsere Klientel größtenteils aus Katzen und Hunden, wobei eine Deutsche Dogge trotz Kälbergröße durchaus zu den Kleintieren gerechnet wird. Wie gut, dass meine Tierarzthelferin kräftemäßig ›Großtierqualitäten‹ besitzt.

Ratten sind unter den Jugendlichen sehr beliebt, haben aber leider nur eine relativ kurze Lebenserwartung und oft bleibt uns nur die Euthanasie übrig um langes Leiden zu vermeiden.

So musste ich an diesem Nachmittag eine alte, kranke Ratte einschläfern. Der Besitzer, gruftimäßig in Schwarz gekleidet, litt ganz offensichtlich unter dem Verlust, sah aber keine Möglichkeit den kleinen Leichnam standesgemäß zu begraben. So blieb uns nichts anderes übrig, als ihn zu den anderen verstorbenen Tieren zu legen, die zum Entsorgen abgeholt werden. Ich weiß das klingt ganz fürchterlich, aber leider bleibt uns nichts anderes übrig.

Abends bin ich schon immer so gegen 22 Uhr müde, dann, wenn Jugendliche gerade wach werden. So auch an diesem Tag. Es klingelt, ich denke: hoffentlich nicht noch ein Notfall und gehe nach unten um die Haustür zu öffnen. Erst nur einen kleinen Spalt, man kann ja nie wissen. Draußen im Dunkeln steht der junge Mann, dessen Ratte ich am Nachmittag einschläfern musste. In Gesellschaft von drei Freunden, die auch nicht gerade vertrauenswürdig aussehen. Er habe es sich überlegt, er wolle sie doch begraben!

Ich habe jedoch überhaupt keine Lust, in der Dunkelheit in unserer ›Leichentonne‹ herumzusuchen und bitte ihn, am nächsten Tag wieder zu kommen. Nein das wolle er nicht, er wolle seine Ratte jetzt wiederhaben! Er setzt seinen Fuß auf die Treppenstufe und kommt mir beängstigend nahe. Seine Freunde rücken dichter auf. Ich bekomme einen Kloß im Hals, weiche unsicher einen Schritt zurück. Da spüre ich eine sanfte Berührung an meiner Hand. Gina ist lautlos die Treppe herunter gekommen, drängt mich ein wenig zur Seite und setzt sich in voller Größe neben mich. Sie sitzt nur da, ganz still. Und schaut. Schaut ihrem Gegenüber ganz ruhig und höchst aufmerksam in die Augen. Jetzt hat der junge Mann einen Kloß im Hals und tritt vorsichtig den Rückzug an. Seine Begleiter ebenfalls.

»Ich komme morgen wieder«, stammelt er.

Als ich die Haustür geschlossen habe, drücke ich meinem ›Bodyguard‹ einen Kuss auf die kalte Nase: ›Danke‹!

Fotoshooting

Ich habe beschlossen die kleinen, lustigen Begebenheiten aus unserem Leben mit Gina und Charly aufzuschreiben. Man vergisst so schnell.

Vielleicht könnte daraus ja ein Buch entstehen, und dafür brauchten wir natürlich ein Titelblatt. Ein schönes Foto von Gina und vielleicht auch mir. Der Yorkshireterrier hasst es, sich fotografieren zu lassen, das würde nicht gelingen. Roca macht so originelle Fotos von ihren Doggen. Bilder, die gar nicht gestellt sind und einen ganz eigenen Charme ausstrahlen. Wir beschließen also einen Fototermin.

Natürlich ist mein Hund die Hauptperson aber viel bedeutender ist die wichtigste aller weiblichen Fragen: Was ziehe ich an? Bleibe ich bei salopper Jeans und sportlichem T-Shirt? Eigentlich bin ich ein ›blumiger‹ Typ. Das weiß nur niemand. Ich liebe Farben.

In der Zeit, als alle ihre Wohnungen in elegantem, reinem Weiß strichen, beruhigte meine Küche in sattem Dunkelgrün, mein Esszimmer erstrahlte in einem warmen Goldgelb und mein Wohnzimmer in lieblichen Erikatönen. Außenstehende konnten sich an unserer löwenzahngrünen Fassade, die durch lindgrüne Fensterumrahmungen aufgelockert wurde, erfreuen. Gott sei Dank verblasst auch die haltbarste Fassadenfarbe im Laufe der Jahre. Meine Freundin, die schräg gegenüber wohnte, liebt Kontraste und ließ daraufhin ihr Haus ochsenblutrot anmalen.

Ziehe ich nun meine Blümchenbluse, mein klatschmohnrotes oder mein dezent grünes Kleid an? Und welchen Hut nehme ich? Hm – ich nehme alles mit!

Es ist ein wunderschöner Sommertag. Ich genieße die Fahrt nach Nordfriesland. Hinten im Auto verhalten sich die Hunde ruhig, schauen aber ab und zu verwundert nach draußen, denn normalerweise sind die Fahrten zu unseren Spazierwegen viel kürzer.

Am Ziel angekommen springen Gina und Charly aufgeregt aus dem Wagen. Hinter dem hohen Holzzaun ertönt mehrstimmiges tiefes Gebell. Roca begrüßt uns herzlich. Eine Begrüßung der Doggenmeute ist allerdings nicht ratsam, denn Gina ist mittlerweile für ihre ehemalige Familie eine Fremde.

Bewaffnet mit Fotoapparaten und meinen ›Requisiten‹ ziehen wir los ins Grüne. Erstes Motiv ist eine ältere Holzbrücke über einem kleinen, träge dahin fließenden Fluss. Weit und breit kein Mensch zu sehen, nur Sonne und einzelne, langsam dahintreibende Wolken – Noldehimmel! Ich gehe in die Hocke, umarme Gina und versuche den davonstrebenden Yorkshireterrier mit aufs Bild zu bekommen. Roca knipst. Gina aber ist widerborstig, findet das Ganze blöd, wendet den Kopf weg, schaut dauernd nach unten ins Wasser und will von der Brücke aus lieber das Gelände erkunden. Roca wirft einen Stein ins Wasser und tatsächlich schaut die Doggenhündin sofort aufmerksam in diese Richtung.

»Schau nicht so verkniffen!«, bekomme ich zu hören. Als ich jedoch freudig lächle, wie ich glaube, hat Gina schon wieder den Kopf in die entgegengesetzte Richtung gewandt. Charly hat sich derweil verkrümelt. Mit großer Geduld versucht Roca, die Dogge und mich in harmonischer Zwiesprache, abzulichten. Zum Schluss steht mir der Schweiß auf der Stirn und der Puder hat sich verflüchtigt. Als wir den Drehort Brücke verlassen, schleckt Gina mir erleichtert und freudig übers Gesicht. Mein orangefarbener Lippenstift ist ebenfalls perdu. Ach, ist ja auch egal.

Nächste Station ist die Tobewiese von Rocas Hunden. Ein großes Wiesenstück, dessen angrenzende Knicks mit Holunder bewachsen sind. Die Sonne scheint jetzt intensiver. Bewundernswert marschiert der Yorkshireterrier den mit hohem Gras bewachsenen Weg mit.

Ich blicke mich um – kein Mensch weit und breit zu sehen – und lege auf offener Wiese einen ›Striptease‹ hin um mein rotes Leinenkleid anzuziehen. Wir scherzen und müssen lachen, und ich spüre, dass die Anspannung von mir fällt. Auch Gina ist sehr viel lockerer. Ich kann sie gerade noch davon abhalten, etwas Undefinierbares zu fressen.

Zum roten Kleid gehört der schwarze Hut mit den Mohnblumen. Mal stehen wir vor den weiß blühenden Holunderdolden, mal knie ich mich hin, um mit Gina auf Gesichtshöhe zu sein, aber dann ist dieser verflixte Hut im Weg oder von meinem Gesicht ist gar nichts mehr zu sehen. Charly zieht es vor, gar nicht erst in die ›Schusslinie‹ zu kommen. Ach ja, Fotomodell zu sein ist gar nicht so einfach. Weil die Situation reichlich komisch ist und wir herzhaft lachen müssen, komme ich gar nicht mehr dazu so ein künstlich lächelndes Gesicht aufzusetzen. Als wir genug Fotos ›Dogge mit Dame in Rot‹ im Kasten haben, kehren wir zu Rocas Blumengarten zurück.

Die Rosen und Mohnblumen in Rocas Blumengarten bieten genug Farbe, deshalb raus aus dem roten Kleid und rein in das dezent grüne und den sommerlich gelben Strohhut aufgesetzt.

Gina und ich nehmen vor diesen herrlichen Rosen Position ein. Die Hündin kann allerdings meine Begeisterung nicht teilen, denn schließlich riechen Rosen weder nach Aas noch kann man sie fressen. Aber sie spielt trotzdem fröhlich mit.

Ein letzter Szenenwechsel zu einer dunkelroten Kletterrose, vor der das Gras so herrlich dicht und grün ist. Hier können wir uns unbedenklich ins Gras legen. Könnten aber auch gerne liegen bleiben sind Gina und ich uns einig. Der Yorkshireterrier aber möchte diesmal unbedingt dabei sein, trotz seiner Abneigung fotografiert zu werden. Um diesem zu entkommen versucht er es mit der Kamera abgewandtem Gesicht, will sich zwischen uns quetschen oder hinter uns verstecken. Dennoch, Roca macht bestimmt einige gute Fotos.

Fotografieren und fotografiert werden ist anstrengend, deshalb schmecken uns die aromatischen Erdbeeren mit kalter Milch besonders gut. Dann schauen wir uns die Digitalfotos auf dem Bildschirm an, während die Hunde entspannt den großen Garten erkunden. Unzählige Bilder, zig verschiedene Einstellungen und so mancher komische Schnappschuss: sehe ich da nicht aus wie ...!? Oh je, Camilla Parker Bowles lässt grüßen! Und auf einem der Fotos, auf denen Gina und ich im Gras liegen, sind wir zwar beide vorteilhaft getroffen, aber der sich hinter meinem Rücken versteckende Charly erhebt seinen Puschelhintern gerade hinter meinem werten Hinterteil.

Trotzdem sind wir mit mindestens zehn Fotos zufrieden. Wir haben also die Qual der Wahl.

Kurz bevor wir wieder nach Hause fahren, muss ich noch unbedingt etwas tun: ein Bad nehmen in Rocas Doggenmeute! Ich muss einfach diese großen Hundeköpfe streicheln und das samtweiche Fell der Welpen berühren.

Foto: Veronica Ewaldsen

Camilla Parker-Bowles läßt grüßen!
Prince Charles would be very amused.

Pilzsuche

Offensichtlich sind in mir noch verschiedene archaische Relikte verborgen. Obwohl ich mich für einen modernen Menschen halte, verfalle ich je nach Jahreszeit einem nicht unterdrückbaren Sammeltrieb.

Das beginnt im Frühjahr mit der Erdbeerernte. Natürlich könnte ich die süßen Früchte auf dem Wochenmarkt oder direkt an den Erdbeerfeldern, frisch gepflückt in Körben angeboten, für nur etwas mehr Geld kaufen – aber nein, ich muss unbedingt selbst pflücken. Ich kann damit nicht aufhören, bis ich mindest zwei große Körbe voll habe. Weil ich natürlich viel zu viele davon gegessen habe, leide ich am nächsten Tag an Diarrhöe und lasse den Rest der Erdbeeren für das nächste Jahr in der Tiefkühltruhe verschwinden.

Danach beginnt die Zeit der Waldhimbeeren, die mir immer wieder tagelang zerkratzte Hände bescheren. Ergiebige Stellen im Wald und an Wegesrändern werden von mir vorsorglich geheim gehalten, und weil die Himbeeren zu kostbar sind, um einfach so aufgefuttert zu werden, muss ich auch sie konservieren. Diesmal allerdings alkoholisch. Aufgrund des wunderbaren Aromas ist an eine Haltbarkeit von einem Jahr nicht zu denken.

Den Himbeeren folgen die Brombeeren, den Brombeeren die Pilze, und ganz zum Schluss, wenn der erste Frost die Büsche mit Raureif überzogen hat, pflücke ich mit zerstochenen und schmerzenden Händen eimerweise reife Schlehen, deren anschließende ›Konservierung‹ in Form von Schlehenlikör in unserem Bekanntenkreis ausgesprochen beliebt ist.

Von allen diesen Sammelaktionen aber ist das Pilzesammeln die aufregendste. Einerseits ist es ein wenig die Ungewissheit –

aber wirklich nur ein wenig – ob denn auch alles essbar ist in meinem Korb, wobei natürlich alle essbar sind außer dem Speitäubling, nur sind sie auch gesundheitlich genießbar? Deshalb beschränke ich mich auf die Pilzsorten, die ich wirklich kenne. Na ja, dieses Jahr fand ich einen hier seltenen Pilz und den in einer solchen Anzahl, dass ich nicht widerstehen konnte. Trotz intensiven Studiums eines Pilzratgebers lagern diese seit einem halben Jahr noch immer an der tiefsten Stelle der Gefriertruhe.

Andererseits ist das Suchen schon ein Erlebnis. Diese kribbelnde Erwartung, im Moos eine braune Kappe zu entdecken – und noch eine und noch eine – oder mit nur einem wurmigen Exemplar enttäuscht den Heimweg antreten zu müssen, weil gerade in meinem favorisierten Gebiet vielleicht sich ein anderer Pilzsammler schon vorher erfolgreich die Taschen gefüllt hat.

Besonders anstrengend gestaltet es sich für mich, weil ich meinen Blick nicht nur Pilze suchend über den Waldboden gleiten lasse, sondern ihn auch noch auf meine zwei Hunde richten muss. Natürlich ist es nicht erlaubt Hunde unangeleint im Wald laufenzulassen, aber eine vorwärtsstrebende Deutsche Dogge und ein trödelnder Yorkshireterrier können das Sammelergebnis deutlich reduzieren. So lasse ich also meinen Hunden freien Lauf, darauf hoffend, dass wir niemandem begegnen.

Gina genießt es und springt in großen Sätzen zwischen den Tannen hin und her, während der kleine Terrier meinem ständigen Richtungswechsel zu folgen versucht. Manchmal bin ich so in meiner Sammelleidenschaft versunken, dass ich nicht bemerke, wenn einer der Hunde fehlt. Meist ist es der arme Charly, der irgendwo im Gestrüpp hängen geblieben ist und sich nicht mehr selbst befreien kann. Aber anstatt sich bellend bemerkbar zu machen, wartet er geduldig mit stummem, Hilfe heischendem Blick, bis ich ihn befreie.

Heute ist ein erfolgreicher Tag. Trotz seiner Trockenheit hängt der Geruch nach Pilzen feucht und schwer in der Luft. Ich bin auch schon richtig ›fündig‹ geworden und strebe eigentlich den Heimweg an, den geflochtenen Korb mit dem ›kostbaren Gut‹ vorsichtig in der Hand tragend. Pilze gehören Gott sei Dank nicht zu Ginas Speiseplan, obwohl sie sonst so ziemlich alles vertilgt.

Die Dogge springt leichtfüßig um mich herum, einen dicken Ast im Maul. Charly schnüffelt an dem Eingang einer sehr weiträumigen Kaninchenhöhle. »Nein Charly!«

Da bleibt Gina plötzlich stehen, den Körper aufgerichtet lauscht sie gespannt in die Ferne, schaut mich erwartungsvoll an: Hast du etwa nichts wahrgenommen?

»Gina komm weiter.«

Gina aber schaut mich auffordernd an, läuft ein paar Schritte von mir weg, zögert, kommt wenige Schritte zurück, verharrt.

«Gina?« Da dreht sie sich um und sprintet in großen Sprüngen von dannen, verschwindet zwischen den Tannen und bald ganz aus meinem Blickfeld.

»Gina! Gina!!!«

Ich beginne ihr nachzulaufen, stolpere über einen Ast, kann gerade noch mein Gleichgewicht wieder erlangen und den Pilzkorb davor bewahren seinen kostbaren Inhalt zu verschütten. Hastig stelle ich ihn vorsichtshalber auf dem moosigen Waldboden ab.

Was ist, wenn Gina ein Reh oder einen Hasen verfolgt und ein Jäger sie erschießt? Was ist, wenn sic auf Spaziergänger trifft, die diesen Riesenhund für ein gefährliches Monster halten? Und was geschieht, wenn sie den Weg zurück zu mir nicht mehr findet und mutterseelenallein im Wald herumirrt, meine Kleine?

Schon sehe ich sie zitternd vor Kälte in einer Bodenkuhle kauernd, verzweifelt, einsam, sich nach ihrer weichen Matratze sehnend. Ihre heile Hundewelt bricht zusammen.

Mein Hals ist wie zugeschnürt. Ich drehe mich nach dem kleinen Terrier um. Gott sei Dank habe ich den nicht verloren. Er versucht mir zu folgen.

Von Weitem höre ich Zweige knacken. Plötzlich erscheint meine geliebte Kleine wieder zwischen den Bäumen und kommt in großen Sätzen auf mich zu, überhaupt nicht schuldbewusst. Stoppt kurz vor mir, wedelt fröhlich mit der Rute und fährt mir mit der feuchten Zunge freudig übers Gesicht.

»Oh Gina, lass das!«, murmele ich erleichtert. Bevor ich jedoch zu einer Strafpredigt ansetzen kann, wendet sie sich um und springt wieder in die Richtung davon, aus der sie soeben aufgetaucht war, schaut sich einmal kurz um, hält aber nicht an.

»Gina!!!«

Was soll das bloß? Was hat sie entdeckt? Was kann so aufregend sein, dass sie den Gehorsam verweigert? Beunruhigt blicke ich ihr nach, wie sie zwischen den Bäumen verschwindet.

In der Ferne höre ich ein Pfeifen, ein Laut ähnlich dem, den ich den Hunden immer zur Standortbestimmung übermittle.

Diesmal dauert es nicht so lange, bis Gina wieder vor mir erscheint. Freudig umrundet sie mich ein paar Mal, verschwindet jedoch sofort wieder in Richtung des Pfeifens, welches immer näher kommt. Die Zweige knacken unter schweren Schritten. Meine kurzsichtigen Augen können bald eine männliche Gestalt zwischen den Bäumen erkennen, die von einem großen, gelben Hund freudig umsprungen wird.

Da dämmert es mir: Gina hat meinen Mann entdeckt, der sich zufällig zur selben Zeit wie wir im Wald zum Walking aufhielt. Als er meinen Wagen bemerkt hatte, ahnte er, dass wir nicht weit entfernt sein könnten. Die Dogge hat seinen ganz eigenen Pfeifton sofort erkannt. Mein menschliches Gehör dagegen hatte ihn erst später wahrgenommen.

Erleichtert, aber etwas verärgert wegen des Schreckens, begrüße ich ihn. Gina springt glücklich um uns beide herum und auch Charly kann sich vor Freude kaum fassen.

Wir suchen meinen Pilzkorb und machen uns dann gemeinsam freudig auf den Heimweg, um der Dogge das Hin und Her zu ersparen.

Der Igel

Am Nachmittag gehören gut eineinhalb Stunden mir und den Hunden. Das ist die Zeit zum Spazierengehen, egal ob die Sonne scheint, der norddeutsche Wind eiskalt durch den Anorak bläst oder dicke Schneeflocken vom Himmel fallen. Einzig der Regen hält Gina ab überhaupt aus dem Haus zu gehen.

Samstagnachmittag aber strahlt die Sonne und wir dehnen unseren Spaziergang länger aus. Als wir nach Hause kommen empfängt mich mein Mann ziemlich ungnädig: «Wo bleibst du bloß? Da wartete ein Patient!«

»Ein Notfall?« – »Ja!«

Der Notfall entpuppt sich als ein hustender Igel, den ein älterer Herr namens K. hier abgegeben hatte und darum bat, ihn später telefonisch zu benachrichtigen.

Die Telefonnummer hatte mein Mann natürlich nicht aufgeschrieben. Ich wüsste schon, um wen es sich handelt.

Im Behandlungsraum steht ein hoher brauner Plastikblumentopf auf dem Untersuchungstisch, zu zwei Dritteln angefüllt mit trocknen Blättern. Vorsichtshalber ziehe ich mir die dicken Lederhandschuhe an und wühle vorsichtig in dem trocknen Laub. Ja, da ist er: eine vollkommen eingerollte stachelige Kugel. Ich nehme den Igel sachte heraus und lege ihn auf die Waage.

550 Gramm vor Beginn des Winterschlafs sind ein gutes Gewicht für einen Igel. Die Ermittlung des Körpergewichts ist wichtig für die Bemessung der Menge des zu verabreichenden Medikamentes gegen Lungenwürmer, mit denen Igel häufig befallen sind. Der Igel zuckt leicht und rollt sich noch mehr ein, als ich ihm das Wurmmittel injiziere. Anschließend lege ich ihn wieder in sein Laubbett und lasse ihn auf dem Tisch stehen, denn sicher kommt gleich der Besitzer ihn abzuholen.

Der Besitzer des Igels – eigentlich kann sich niemand Eigentümer eines Igels nennen, denn Igel stehen unter Naturschutz und dürfen nur zur Pflege in menschlicher Obhut bleiben – meldet sich aber nicht und irgendwie vergesse ich das stachelige Wesen, weil ich nämlich Gäste zum ›Grillen‹ habe.

Wir sitzen lange im Hof, obwohl es an diesem Abend schon richtig kalt geworden ist. Die Haustür zum Hof lasse ich der Hunde wegen offen. Einige Male muss ich ans Telefon in der Praxis. Mein Blick fällt auf den Blumentopf. Ach der Igel, denke ich, es hat sich ja seinetwegen kein Mensch gemeldet.

Als ich sonntagmorgens in die Praxis komme, fällt mein erster Blick auf den auf dem Behandlungstisch stehenden Blumenkübel. Ach ja, der Igel! Ein Gedanke durchfährt mich: Das Tier könnte ja herausgeklettert sein. Quatsch! Intuitiv hebe ich den Kübel an. Der kommt mir irgendwie leichter vor. Ich bewaffne mich mit den dicken Lederhandschuhen und durchwühle vorsichtig das Laub.

Oh je – da ist kein Igel mehr drin! Wie ist der bloß die glatte Topfwand hinaufgekommen? Dann muss er auch noch vom Tisch gefallen sein. Rollen Igel sich ein, wenn sie fallen? Federt der Stachelmantel so einen Fall ab? Ob er verletzt ist?

Ich begebe mich auf die Suche. Schaue in jede Ecke, hinter den schräg stehenden Medikamentenschrank, in den offenstehenden Arzneimittelschrank, unter den Kachelofen. Im Behandlungsraum ist kein Igel zu finden. Natürlich stand die Tür einige Male offen. Die Inspektion des Warte-, OP- und Röntgenraums verläuft ohne Erfolg. Unter dem Korridorsofa und der Dielenkommode ist das Tier nicht zu entdecken. Ob es die Kellertreppe heruntergefallen ist? Ich durchsuche den Keller ohne Erfolg. Vielleicht ist der Igel unbemerkt durch die geöffnete Haustür in den Hof und von dort in den Garten gelangt? Wieso haben die

Hunde mich nicht darauf aufmerksam gemacht? Ob er diese eiskalte Nacht im Freien übersteht?

Was sag ich nur, wenn der Besitzer anruft? Peinlich, peinlich – zum Glück ruft niemand an.

Als ich meinen Mann endlich dazu befragen kann, meint er: «Wieso? Du solltest doch anrufen.«

»Hm, hm!« Jetzt habe ich einen verschwundenen Igel und der Name des Mannes fällt mir auch nicht ein. Vielleicht will er den Igel ja gar nicht wieder haben, tröste ich mich.

Als es dunkel wird, begebe ich mich erneut auf die Suche, denn Igel sind dämmerungs- und nachtaktive Tiere. Ich durchstreife sogar unseren düsteren Kohlenkeller – wir besitzen tatsächlich Kellergewölbe. Nirgendswo raschelt oder schlurft es.

Montagmorgen. Auch die Praxishelferin beteiligt sich an der Suche. Aber auch sie kann den Igel nirgends entdecken. »Hat jemand wegen des Igels angerufen?« »Nein.« »Gott sei Dank!«

Nach dem Mittagessen lege ich mich aufs Sofa, entspanne ein bisschen, nicke gerade ein – da bellt der Yorkshireterrier unten im Flur. Vermutlich hat jemand die Praxisklingel betätigt. Ärgerlich begebe ich mich nach unten. Das ist das Los einer Tierärztin.

Charly steht im Flur und bellt und bellt, aber durch die Glastür ist zu erkennen, dass niemand vor der Haustür steht und eigentlich bellt der Kleine auch nicht Richtung Tür, sondern das Sofa an.

Ich lege mich auf den Bauch und spähe unter das Sofa. Da, in der hintersten Ecke, da könnte vielleicht ... Ich hole mir den großen Regenschirm mit der stumpfen, hölzernen Spitze und befördere einen eingerollten Igel zutage! Steine – nein das sind schon Felsbrocken, die mir vom Herzen fallen.

Ab in den Blumentopf mit dem Tier und abgedeckt, damit wir dasselbe nicht noch einmal erleben.

Jetzt fällt mir auch der Name wieder ein und ich rufe an, dass der Igel abgeholt werden könne.

Klassik pur oder: Lieben Sie Brahms?

Hunde müssen zu unserem Leidwesen auch spätabends noch einmal »Gassi gehen«, bei Mondenschein und in lauer Sommernachtsluft, bei gespenstischem Vollmond, klirrender Kälte, strömendem Regen, Sturm und Schneematsch. Letzteres fordert von uns sehr viel Selbstüberwindung, aber wir haben keine andere Wahl.

Wir wohnen ›Op Lüttenheid‹, auf Plattdeutsch ›Kleinheide‹. Unser Vordereingang liegt an einer ganz normalen Stadtstraße, unser Hinterausgang vom Hof aber führt auf die sogenannte ›Museumsmeile‹ – eine schmale, holprige Gasse mit Kopfsteinpflaster. Gleich links von uns liegt das Klaus-Groth-Museum, ein romantisches Fachwerkhaus, daneben eine alte Ruine, gefolgt von vereinzelten Wohnhäusern und dem Museum für Vor- und Frühgeschichte. Am Ende der Straße aber liegt das ›Brahmshaus‹, ein kleines Juwel und ein ›Muss‹ für alle Freunde der klassischen Musik. Hier finden von Zeit zu Zeit Konzerte und Veranstaltungen in entsprechend kulturellem Rahmen statt.

Es ist schon nach dreiundzwanzig Uhr, der Fernseher abgestellt und die Hunde müssen noch mal raus. »Raus, raus, raus!« Die Doggenhündin springt über die Lehne vom Sofa, wodurch dieses ein Stückchen durch das Wohnzimmer rutscht, Charly kläfft, aber nur ein ganz klein bisschen, jedenfalls empfinde ich es so. Mein Mann ist anwesend und genießt unsere Gemütlichkeit. Er bemüht sich, sich nicht über den kläffenden Terrier aufzuregen. Erstaunlicherweise will er mit uns gehen, um noch einmal frische Luft zu schnappen. Erstaunlich vor allem deshalb, weil es Dezember und unangenehm kalt ist und weil es in Strömen regnet. Wir benutzen den Hinterausgang und begeben uns auf die ›Museumsmeile‹. Gina hasst Regen. Sie klemmt die Rute ein und bleibt ganz dicht bei meinem Gatten, als könne er ihr Schutz vor Wind und Regen bieten. Charly aber eilt fröhlich voraus, schnüffelt an einem Baumstamm, hebt schnell eins seiner kleinen Hinterbeine um ein paar Tropfen abzusetzen, verschwindet kurz um eine Hausecke, taucht aus dem Dunkeln wieder auf und schüttelt sein langes Haarkleid, dass die Tropfen fliegen. Durch die nächtliche Stille vernehmen wir vom Ende der Straße her leise Klavierklänge, die noch einmal aufwogen und dann unter Beifall verstummen. Vom ›Brahmshaus‹ aus flutet Licht durch die Fenster und die geöffnete Haustür. Stimmengewirr dringt nach draußen.

Wir wechseln die Straßenseite. Gina ›klebt‹ ganz dicht an meinem Mann, weicht nicht von seiner Seite. Ich habe die Kapuze über den Kopf gezogen und nehme an, dass der Yorkshireterrier mir folgt. Es ist zu dunkel und der Nieselregen zu dicht, um etwas zu erkennen. Plötzlich: – Stille! Das Gespräch im ›Brahmshaus‹ scheint zu verstummen, dann lautes Auflachen, gefolgt von vereinzelten Wortfetzen. Ahnungsvoll drehe ich mich um: »Wo ist Charly?«

Da vernehme ich: «Iiih, ist der nass! Wo kommt der denn her? Ein Hund?!« Jemand lacht: »Ein musikalischer Hund. Ein Hund der Brahms liebt!«

Ich gehe den Weg zurück und denke: ach du lieber Gott, was mach ich jetzt nur? Gehe ich da rein und sage, dass dies mein Hund ist? So eine feine Gesellschaft – und ich habe nur meinen ›Hunde- und Stallanorak‹ an und meine nassen Haare hängen in Strähnen ins Gesicht.«

Durch die erleuchteten Fenster sehe ich wie festlich gekleidete Gäste, mit dem Sektglas in der Hand zusammenstehend, plötzlich eine Art Spalier bilden. Offensichtlich scheint der Yorkshireterrier suchend zwischen ihnen hindurchzulaufen, von einem Raum zum anderen. Jemand springt hektisch zur Seite, Klavierakkorde erklingen, brechen wieder ab. Erneutes Gelächter. Hoffentlich hebt Charly nicht sein Bein am Klavier.

»Oh, der arme kleine Hund!«, höre ich. Offensichtlich bückt sich jemand um Charly zu streicheln.

Ich verharre eine kleine Weile. Da wird mir wohl nichts anderes übrigbleiben, als ›Farbe zu bekennen‹ und meinen kleinen Hund abzuholen. Zwei Personen in Abendrobe erscheinen vor der Haustür und sehen sich suchend um, und da flitzt ein kleiner Schatten aus der Tür in meine Richtung. »Charly!«, rufe ich erleichtert, nehme das kleine, pitschnasse Bündel schnell auf den Arm und tue so als wäre gar nichts geschehen.

Miro und die Friedensstifterin

Der stolze, große, unabhängige Odin hat uns leider verlassen. Sein Tod stimmt mich sehr traurig. Mehr jedoch leiden seine beiden Lebensgefährtinnen: die dicke Tini, seine ›Ehefrau‹, sucht ihn im ganzen Haus, wartet auf ihn und kann nicht verstehen, dass er abends nicht ins Haus kommt. Die zarte Lizzy, seine ›kapriziöse Geliebte‹ sitzt stundenlang vor dem schmiedeeisernen Tor und hält Ausschau nach ihm. Sie kommt gerade noch zu den Mahlzeiten ins Haus, und das auch nicht mehr regelmäßig, sie lässt sich kaum mehr streicheln, sie verwahrlost.

Ich kann es nicht mehr mit ansehen. Sie braucht einen neuen Lebensgefährten. Doch kann ein neuer Kater Odin ersetzen? Odin den Beschützer, Odin, der allein durch seine Persönlichkeit alle fremden Katzen vom Grundstück fernhielt?

Als ich in der Praxis einen Wurf junger Katzen impfe, gefällt mir spontan ein blaugrauer, plüschiger Kater, der meinem ›Traumkater‹, einem Karthäuser, recht nahe kommt. Nur seine hellen, unruhigen Augen irritieren mich etwas. Augen die ständig aufmerksam umherschweifen, alles wahrnehmen wollen, nicht ängstlich sind. Das hätte mich eigentlich schon warnen sollen!

Die ersten Tage mit dem neuen Katzenkind gestalten sich wie erwartet anstrengend. Miro fürchtet sich doch, nämlich vor der riesigen Dogge Gina. Die wiederum betrachtet ihn wohlwollend und kann gar nicht verstehen, wieso dieses kleine Wesen so faucht, einen Buckel macht und einen Schwanz bekommt, der fast größer als der ganze Kater ist. Weil Miro mir vor Schreck ständig vehement in die Arme springt und sich an meiner Brust festkrallt, bin ich schon ganz zerkratzt.

Die dicke Tini findet ihn abscheulich und knurrt ihn warnend an, sobald er in ihre Nähe kommt. Und Lieschen, derentwegen ich den Kleinen überhaupt geholt habe, wendet sich genervt ab. Der Yorky übersieht ihn einfach. Na, das sind ja schöne Aussichten! Aber nur nicht aufgeben.

Nach vier Wochen haben sich die Tiere aneinander gewöhnt. Tini faucht nur noch, weil sie es einfach nicht mag, wenn Miro ihr zu nahe auf den Pelz rückt. Charly will nur einfach nichts mit ihm zu tun haben und findet es empörend, dass der Kleine offensichtlich keine Achtung vor Erwachsenen hat.

Gina benimmt sich großzügig, so wie sie immer ist. Sie steht über den Dingen. Wenn der Kleine übermütig mit der Pfote auf ihre Rute patscht oder, sich seiner Kühnheit bewusst, ganz kurz auf ihren Rücken und dann schnell wieder weiter springt, dann hebt sie nur gelangweilt ein Augenlid.

Lizzy aber nimmt den kleinen Kater mit nach draußen in den Garten und zeigt ihm ihre Welt. Ich dachte: sie, die ihren Beschützer verloren hat, muss jetzt selbst die Beschützerrolle übernehmen. Keine Spur davon! Nicht nur, dass der Kleine zwar vorsichtig aber ausgesprochen wissbegierig seine neue Welt erkundet, der schreitet jetzt schon wie ein Macho.

Im Laufe der Zeit musste ich ihn mehrmals retten: vom Dach des Klaus-Groth-Museums, aus den Spitzen der Buchenhecke, von der Pergola und von der Spitze des großen Sonnenschirms, an der er sich panikartig festgekrallt hatte. Und wenn er dann lange draußen in der aufregenden neuen Welt war, flitzt er nach drinnen, stürzt sich in meine Arme und schnurrt und schnurrt.

Beim Fressen achtet er darauf, keinesfalls zu kurz zu kommen. Das geht am besten, wenn man mit beiden Vorderpfoten in zwei von drei Futternäpfen steht und aus dem dritten frisst. Die beiden älteren Katzen sitzen fassungslos daneben.

Überhaupt, ich kann mich gar nicht daran erinnern, dass Tini oder Lizzy es je gewagt hätte, die Teller auf dem Tisch blank zu putzen, Muster in die Butter zu lecken oder mit allen Vieren in der noch heißen Pfanne mit Bratkartoffeln zu stehen.

Bevor ich den Backofen oder die Waschmaschine anstelle, vergewissere ich mich, dass sie ohne lebendigen Inhalt sind. Es ist anstrengend aber auch allerliebst, wenn es plötzlich im Küchenschrank rasselt und der kleine, graue Katzenkopf aus den Tiefen eines Suppentopfes auftaucht.

Heimlich schleicht er sich in die Praxis, öffnet im Behandlungsraum den ›Leckerlikasten‹ für meine tierischen Patienten und fischt sich die Besten heraus. Manchmal liegt er aber auch ganz ruhig und von uns unbemerkt auf dem Karteikartenschrank, bis einer der Tierbesitzer bemerkt: «Oh, was ist das für eine hübsche Katze da oben!«

Der hübsche, kleine Kater wird älter und kehrt immer mehr den ›Macho‹ heraus. Tinis Fauchen ist wieder öfter zu hören. Er überfällt den ahnungslosen Yorkshireterrier und springt der eigentlich friedliebenden Lizzy in Katermanier in den Nacken, sodass sich beide laut kreischend über den Boden rollen. Mit unserer häuslichen Ruhe ist es vorbei.

Ich könnte der Sache ein Ende setzen, möchte aber den Kleinen noch nicht so früh kastrieren.

Bisher hat Gina das unruhige Treiben emotionslos beobachtet. Bis ... –

Ich sitze gemütlich abends im Sessel. Gina liegt genüsslich ausgestreckt auf dem Sofa, Tini auf dem niedrigen Schemel und Lizzy kommt gerade zur Tür herein. Katerchen liegt dösend unter dem Tisch, springt plötzlich auf, erschreckt die schlafende Tini und scheucht sie vom Schemel, rast an dem Yorky vorbei, zwickt ihn in den Stummelschwanz und stürzt sich dann auf die ahnungslose, aufkreischende Lizzy, die daraufhin entsetzt über den Tisch springt, um schließlich in der bedenklich schwankenden Gardine hängenzubleiben, während sich das Wasser der umgefallenen Blumenvase über die verschreckte Tini ergießt. – Ein irres, nicht zu überblickendes ›Tohuwabohu‹.

Da springt die Dogge blitzschnell vom Sofa auf, welches gleich einen halben Meter nach hinten rutscht, knurrt die zeternden Katzen an und nimmt sich den frechen Kater vor. Ich sehe den schon mit gebrochenem Genick vor mir. Plötzlich ist

Stille. Verwundert sehe ich, wie Ordnung in das Chaos kommt. Die Katzen schleichen ruhig auf ihre Plätze zurück, der Yorky springt wieder aufs Sofa. Der Kater aber sitzt auf dem Holzfußboden, putzt sich die Vorderpfoten, gähnt und tut so, als wäre gar nichts geschehen. Gina blickt hoheitsvoll auf alle nieder und begibt sich dann wieder auf ihren Ruheplatz. –

Ich kann es nicht fassen!!!

Derartige Situationen wiederholen sich noch einige Male, dann aber trauen sich die Katzen nicht mehr in Ginas Gegenwart einen Streit vom Zaun zu brechen.

Leserbrief in der Dithmarscher Rundschau

Hortensiendiebstahl

Sehr geehrte Redaktion,

überall liest und hört man vom ›Hortensiendiebstahl‹. Ansichten und Vermutungen gehen weit auseinander. Die Gerüchteküche kocht und schlägt (Hortensien-) Blüten. Verdächtigungen unliebsamer Nachbarn sind an der Tagesordnung. Nun, ich habe meinen Dieb jedenfalls gefasst.

Da habe ich doch mit sehr viel Mühe und Körperkraft die schweren Blumenkübel aus meinem Innenhof zum Überwintern ins Haus geschafft, mühevoll an kühle Stellen dermaßen verteilt, dass man möglichst nicht gerade darüber stolpert, und nun muss ich mit großer Verblüffung feststellen: Gerade von meiner geliebten Hortensie ragen nur noch ein paar kurze Zweige aus dem Blumenkübel! Abgebissen? Abgeschnitten? Wenige zusammengeknüllte Blätter liegen auf dem Boden. Dabei waren sie gestern noch saftig Dunkelgrün. Ist der ›Hortensienklau‹ hier in meinem Haus am Werk?!

Ich komme nach oben in die Wohnung, wo meine Haushaltshilfe emsig werkelt. »Ach übrigens«, sagt sie, «ich glaube, Gina ist krank. Sie hat sich mehrere Male fürchterlich übergeben und ganz viel grünlichen Schaum ausgespuckt.«

Ich blicke auf meine junge Doggenhündin, die ein bisschen dröge im Flur liegt. Schaut da nicht aus dem Lefzenwinkel ein grünes Blatt hervor?!

Eine (Nach-) Weihnachtsgeschichte

Der Weihnachts-Charly

Die Vorweihnachtszeit ist bei uns eine geruhsame Zeit. Sie wird nicht nur von mir, sondern auch von meinen Tieren genossen: Sobald es draußen dunkel und die Hektik des Arbeitstages vorbei ist, machen wir es uns im Wohnzimmer so richtig gemütlich. Die Dogge rekelt sich wie eine Diva auf dem großen Sofa – es ist ja kein menschlicher Besuch da – die dicke Tini und der freche, blaugraue Kater Miro liegen Pfote in Pfote wie ein Liebespaar auf der anderen Seite des Sofas und die zart hellgrau getigerte Lizzy streckt sich elegant auf der Sofalehne aus. Der Yorkshireterrier nutzt die Gelegenheit der Stunde Frauchen für sich allein zu haben und kuschelt sich auf meinem Schoß. Sein Fell mieft nach Pferdestall. Die Kerzen dagegen duften nach Vanille und verbreiten ein warmes Licht.

Das Weihnachtsfest ist für die Tiere eine willkommene Abwechslung. Der große, geschmückte Weihnachtsbaum reicht vom Boden bis fast an die Decke. Die Katzen sind fasziniert von den bunten Kugeln und dem blinkenden Lametta. Deswegen, und weil Gina im Vorbeigehen die Kugeln mit der Rute herunterwedelt, haben wir die unteren Zweige nicht geschmückt. Charly findet das Auspacken der Geschenke am besten, weil es sich so schön mit dem raschelnden Papier spielen lässt. Am besten finden sie aber die Hundeweihnachtsplätzchen, nämlich die so herrlich duftenden, getrockneten Lammfrikadellen.

Weil ich am ersten Weihnachtsfeiertag weder Lust hatte, mit den Hunden einen langen Morgenspaziergang zu machen, noch mit ihnen zu spielen, verschwand der Yorkshireterrier beleidigt durch die Katzenklappe nach draußen und besuchte die von ihm heiß geliebte Nachbarin Brunhilde. Irgendwann im Laufe des

Vormittags ›klötert‹ die Klappe wieder und ich vernehme Charlys tapsende Schritte im Treppenhaus.

»Ach, da bist du ja wieder, mein Kleiner.«

Sein Anblick verschlägt mir die Sprache! – Mein Yorky, weihnachtsfein gebürstet und gekämmt, mit seidig wallendem Fellkleid! Das Auffallendste aber ist die wunderbare, leuchtend rote, große Schleife, die an seinem Brustgeschirr befestigt ist. Mein Weihnachts-Charly! Sich ganz seiner außergewöhnlichen Erscheinung bewusst stolziert Charly Löwenherz an mir vorbei, springt auf das Sofa und rollt sich genüsslich auf meinem Rosenkissen ein. Gina blickt mit gerunzelter Stirn auf ihn hinunter und beschnüffelt interessiert den fremden Körperschmuck.

Während ich in der Küche das Mittagessen vorbereite, vernehme ich aus dem Wohnzimmer Geraschel und Gescharre und schließlich Charlys kurzes, ärgerliches Bellen. Da sollte ich doch lieber einmal nachschauen.

Als ich vorsichtig um die Ecke luge, muss ich lautes Lachen unterdrücken, um nicht Charlys Stolz zu verletzen. Das Bild, das sich mir bietet, ist allerliebst, jedenfalls für mein Empfinden. Gina hat diese wunderbare, große Schleife aufgetüftelt und hält das Schleifenende noch fest im Maul während der Yorkshireterrier empört von ihr wegstrebt, aber nicht kann. Charly strampelt, knurrt, bellt – aber Gina erhebt sich nun zu voller Doggengröße und zieht den kleinen, am Schleifenband hängenden Hund mit in die Höhe. Der strampelt in der Luft verzweifelt weiter. Ich mache dem unerträglichen Zustand ein Ende, befreie und tröste den armen Charly. Dann versuche ich die Schleife genau so schön zu binden wie Brunhilde es getan hatte.

Zehn Minuten später dasselbe Prozedere: die aufgetüftelte Schleife und ein wütender Charly, der nicht entkommen kann. Die Augen der Dogge aber funkeln vor Vergnügen.

Ich fahre Gina ärgerlich an, befreie Charly und binde die schöne rote Schleife neu.

Die Weihnachtsgans brutzelt in der Backröhre und ich habe mir schon wieder, so wie jedes Jahr, beim Wenden des Federviehs eine Brandverletzung am Handrücken zugezogen. Da klingelt auch noch das Praxistelefon. Ein ungestörtes Weihnachtsfest wäre auch zu schön gewesen.

Wenigstens entschuldigt sich der Herr für die Störung. Er sei aber ganz beunruhigt, denn seine kleine Pekinesenhündin habe am Heiligen Abend die Reste von der Weihnachtsgans gefressen und wahrscheinlich die Knochen nicht verdauen können. Sie habe die ganze Nacht schon fürchterliche Bauchschmerzen gehabt und nun würden die Krämpfe immer schlimmer. Ich erspare mir den Kommentar, dass jeder weiß, dass man Hunden keine Geflügelknochen zu fressen geben sollte, seufze lautlos bei

dem Gedanken an eine Fremdkörperoperation am ersten Feiertag und bestelle den Patienten umgehend in die Praxis. Meinen Braten stelle ich ab. Das wird wohl nichts mit dem Mittagessen. Das ist das Tierärztelos.

Die Hundebesitzer kommen zu zweit. Es ist ein nettes, älteres Ehepaar, auf dem Arm eine blonde Pekinesenhündin, eingewickelt in eine Wolldecke.

Ich untersuche die kleine Hündin gründlich. Sie macht einen sehr ermatteten Eindruck. Schließlich kann ich ein Lächeln nicht unterdrücken. »Ja«, sage ich, »es handelt sich wirklich um einen Knochen, aber um einen Lebendigen. Ihre Hündin ist in der Geburt! Sie hat die ganze Nacht Wehen gehabt! Haben sie denn nichts von der Trächtigkeit bemerkt?«

Das Ehepaar ist verblüfft und regelrecht erschüttert. Sie können es nicht glauben. »Aber sie haben doch noch mehr Hunde und darunter auch einen Rüden«, bemerke ich.

»Wir haben schon so viele Jahre Pekinesen, aber nie hat es mit dem Nachwuchs geklappt. Wir dachten das geht nicht«, sagen die Beiden.

»Wie glauben Sie denn, pflanzen sich Pekinesen fort?«, entfährt es mir.

Ich entbinde die kleine Hündin von einem sehr großen Welpen, der im Geburtsweg fest saß und wegen des langen Geburtsvorganges leider nicht mehr lebt. Danach folgen noch zwei lebende Welpen, die vehement ans Tageslicht drängen.

Wahrscheinlich war es der lange, beschwerliche Geburtsvorgang, der keine Muttergefühle aufkommen lässt, denn die Hündin betrachtet ihren Nachwuchs mit Abscheu und versucht vor den fiependen Welpen zu fliehen. Auch das noch! Ich verpasse ihr eine leichte Beruhigungsspritze, verfrachte Mutter und Kinder in einen Weidenkorb und schicke sie schleunigst auf den

Weg nach Hause in die vertraute Umgebung. – Na ja, dann gibts die Gans eben zum Abendessen.

Am Nachmittag fahre ich zum Reitstall, um mal wieder den vertrauten Stallgeruch zu schnuppern und Freunde zu treffen. Als Charly auf die Stallgasse flitzt, rufen die Kinder begeistert aus: »Oh, ist der süß! Ein richtiger Weihnachtshund!« Alle stürzen sich auf den Kleinen und knuddeln ihn. Gina findet das Aufsehen um Charly nicht so gut und läuft nach draußen zum Misthaufen. Dem kann natürlich auch der kleine Terrier nicht widerstehen, aber als sei er sich seines besonderen Aussehens bewusst, verzichtet er diesmal darauf sich im Mist zu wälzen.

Wieder zu Hause angekommen dauert es nicht lange, bis ich erneut Charlys ärgerliche Proteste aus dem Wohnzimmer höre. Ich finde das ganz schön gemein von Gina und brülle sie an, das gefälligst zu lassen. Beleidigt zieht ›die Prinzessin auf der Erbse‹ von dannen.

Doch auch am zweiten Weihnachtstag kann es sich die Dogge einfach nicht verkneifen, den Yorkshireterrier zu ärgern. Die Schleife ist schon ganz matschig gekaut. Ziemlich genervt und um Charlys Seelenfrieden fürchtend, befreie ich den kleinen Hund von seinem Weihnachtsschmuck.

Es war ein richtig schönes Weihnachtsfest, so wie früher, als wir noch eine Familie waren. Was soll eigentlich der Unsinn mit dem ›Getrenntleben‹?

Wir beschließen, es noch einmal miteinanderzuversuchen. Täusche ich mich oder zwinkert uns Gina da etwa zu?

Gabriele Schuster wurde 1950 in Köthen (Sachsen-Anhalt) geboren, wuchs aber in Lahnstein am Rhein auf. Nach dem Abitur fuhr Sie ein Jahr als Stewardess zur See, begann dann allerdings das Studium der Ethnologie, Altamerikanistik und Archäologie an der Universität Bonn. Ab 1971 machte sie das, was Sie eigentlich schon immer machen wollte: Sie studierte Veterinärmedizin an der Freien Universität Berlin. Sie kam jedoch von der Seefahrt nicht los und nutzte die Semesterferien für neue Reisen. Auf diesem Wege lernte Sie ihren späteren Ehemann, einen Schiffsingenieur, kennen. Es folgten Staatsexamen, Promotion und die Geburten zweier Söhne. Nach Assistentenjahren in einer Großtierpraxis eröffnete Sie 1984 eine eigene Kleintierpraxis in Heide. Ihr Gespür für Situationskomik brachte Sie dazu, lustige, aber wahre Begebenheiten aufzuschreiben. So konnte Sie einige Erzählungen und Kurzgeschichten in renommierten Tierzeitschriften veröffentlichen.
2002 erschien dann ihr Erstlingswerk »Eine Lanze für Charly Löwenherz«. Es ist eine Sammlung amüsanter und kurzweiliger Tiergeschichten aus dem Leben eines Yorkshireterriers.